깊은 밤에 쓰는 편지

비원문학회 제1집

깊은 밤에 쓰는 편지

비원문학회 제1집

비 원 문 학 회

밥북
B·OB·K

발간사

시를 사랑하는 열정과 끈기로
'동인'이 되다

달빛 떨어지는 소리가 소낙비 내리듯 내리는
창경궁으로 밤 소풍을 갔었습니다.
달빛 타고 떨어지는 '시'를 가슴 한가득 담아내며
귀한 시 구절을 한 소절 한 소절 꿰매어 한 권의 '동인지'로
엮으려고 합니다.

비원문학회는
시를 사랑하는 사람들이 종로3가 한국인성개발원 강의실에 모여
시를 배우고, 시를 노래하고, 시를 익히며,
옛 시인들의 얼을 본받은 지 벌써 1,700일이 훌쩍
지나고 있습니다.

때로는 어려움도 많았지만
꿋꿋하게 비원문학회를 이끌어 주신
김남권 시인님께 감사를 전합니다.

또한, 시를 사랑하는 회원님들의
열정과 끈기로 그 어떠한 어려움도 극복하고
이제는 반석과도 같은 문학회가 되었습니다.

이제 비원문학회 회원의
귀한 시들이 시를 사랑하는 사람들과
시에서 조금 멀어져 있는 사람들에게도
기쁨과 위로가 되길 바랍니다.

그동안 귀한 시를 지어주신 회원 여러분의
노고에 박수를 보냅니다.
감사합니다.

비원문학회 회장 박명현

차 례

발간사

시를 사랑하는 열정과 끈기로 '동인'이 되다   <u>4</u>

초대 시

 ── 김남권 마량에 가야 한다   <u>12</u>

       모논   <u>14</u>

       적막한 저녁   <u>16</u>

동인 시

 ── 박명현 새 소주를 마시다   <u>18</u>

       꽃 그림자   <u>20</u>

       내 마음 내가 알아요   <u>22</u>

       나의 손을 보면서   <u>24</u>

       그리운 길에는 그리운 사람이 있지 <u>26</u>

       달빛을 밟고 걷고 싶다   <u>28</u>

       태종대 유람선에서   <u>30</u>

       정암사 적멸에 비가 내린다 <u>32</u>

       유성우 떨어지던 날   <u>34</u>

       그리움이 밀려올 때   <u>36</u>

       감자 꽃 떨어지고 하지가 도래하면 <u>38</u>

       가을 무렵이 되면   <u>41</u>

—— 최연우   시간을 끌어안은 사랑   46

밤 편지   47

달 그대   49

지하주차장에서 그대를 기다린다   51

아버지의 막걸리를 내가 마신다   53

시를 읽는 그이   55

그대를 천천히 알아갔으면 좋겠습니다   57

설거지를 하다가   58

기다림   60

깊은 밤에 쓰는 편지   61

바람만 불었다   62

관계   63

—— 박남주   감정의 무게   66

낯설게 하기   67

눈 그림자   68

때 늦은 후회   69

바다도 노란 때가 있다   70

베타의 죽음   72

사랑은 개수작   73

역광 촬영   74

원대리 자작나무 숲에서   75

첫 빛   76

[산문] 두꺼운 북소리   77

[산문] 무딘 칼 한 자루   82

—— 이화선   오늘은 일찍 잠들자   88

          악취의 근원   89

          시에도 유통기한이 있나요?   90

          사랑은 공놀이   91

          경사는 위대하다   92

          [동시] 거꾸로 세상   93

          [동시] 거짓말은 불편해   94

          [동시] 고객님의 택배는 배송 중   95

          [동시] 고구마 캐기   96

          [동시] 꼬르륵 요정   97

—— 강명희   꽃길 현수막   100

          소망   102

          안개에 대한 추억   103

          물   105

          가을 햇살   106

          소다 심부름   108

          풍경   110

          정상에서   112

          '그리다'   114

          힘내요 덕순씨   118

—— **이상옥**   다시 봄을 기다리며   124

문풍지   126

정전   128

사계절 친구   130

삼탄아트마인에서   132

무궁화 꽃   134

시간   136

새집증후군   138

여름밤의 단상   140

길고양이   142

—— **이해경**   기실   146

회심   147

폭우   148

—— **이종문**   [산문] 참 쓸쓸한 만남   150

[산문] 설화   153

[산문] 남산 가는 길   157

[산문] 조문을 다녀와서   159

[산문] 딸을 보내러 가는 길   164

—— **이영순**   메밀꽃   168

어머니는 부재중   169

화양연화   171

김
남
권

초
대
시

마량에 가야 한다

물비린내가 밧줄로 묶여 있는 포구에는
조업에서 막 돌아온 빈 배 가득
슬픔이 스크럼을 짜고 묶여 있다

갑판에는 어부의 땀 냄새가 닻을 물고 누워 있고
바람이 뱉어놓은 파도의 흰 비늘을 빨간 등대가
밤새 물어뜯고 있다

마량이라고 했던가
그물 사이로 빠져나간 별을 퍼 담느라
허리가 굽은 포구의 여인들 손에서
파도의 무늬가 빠져나가고 있다

부둣가 여인들의 손을 빠져나온 물고기들,
몇은 사창가로 숨어들고 몇은 다방으로
몇은 기차를 타고 서울로 떠났다고 한다

육지에서 붙잡혀 내장을 파 먹힌 채
황태의 운명이 될지라도 다시는 포구로
돌아가지 않을 작정이라고 했다

포구를 방황하다
낯선 남자의 품에서 하룻밤을 보낸
몇몇 물고기들은
날이 밝자마자
물비린내가 난다고 쫓겨나고 말았다

등대 불빛은 새벽이 지나도 꺼질 줄 몰랐고
단 한 번만이라도 반짝이고 싶었던
물고기의 아가미는 닫히고 말았다

물고기가 떠난 마량포구엔
빈 배의 뱃고동 소리만
파도의 조문을 대신했다

모논(母論)

모내기 한 논에 하늘이 가득 들어 있다
흰 구름이 지나가고 따오기도 지나간다
딱딱하던 논바닥에 물이 고이기 시작하면 어디
숨어 있다가 이사를 왔는지 모를
미꾸라지 달팽이 올챙이
거머리. 써래질이 끝나 고여 있던 온천 같은
논물 속에서 체온을 높여 번식을 하고
악착같은 울음을 운다
모를 심는 발가락 사이를 빠져나가며
발자국을 뗄 때마다 발목을 붙잡고 놓지 않는
논바닥은 한참을 파도 그냥 물이다
가물면 바닥의 물을 끌어오고 장마 지면 바닥의
바닥까지 물의 뼈를 끌어들여 모가 나지 않도록
어머니의 가슴으로 뿌리를 내렸다
모내기가 끝나야 비로소 논은 어머니가 된다
그 마르지 않는 가슴에서 미꾸라지도 달팽이도
올챙이도 거머리도 모와 함께 자란다
통통하게 살이 올라 논을 떠날 것을 뻔히 알면서
논은 기어이 발목을 내주고 가슴을 내어준다

깊은 밤에 쓰는 편지

돌아오지 않을 것을 뻔히 알고 있으면서
매일 매일 다시는 안 볼 것처럼
유월의 논은 모를 키운다

적막한 저녁

비가 내리고 어둠이 저녁의 꼬리를 물고 가던
유월 어느 날 나는 그대를 찾아가다
넘어지고 말았다

기적 소리가 울렸는지 잘 기억나지 않지만
멀리서 바람 소리가 들렸던 것 같다

사방엔 연초록의 흔들림만 분명한데,
매일 다니던
길인데 그대를 찾아가다 넘어지고 말았다

아무도 일으켜주지 않는 길을 홀로 걸어가다
비의 방지턱에 걸려 넘어지고 말았다

비가 내리고 꽃이 졌다는 건
한 사람의 영혼이 길을 떠났다는 뜻이다

달을 꿈꾸던 꽃의 심장 속에 오래 잠들어 있던
영혼이 어둠의 건너편을 향해 손을 흔든다

적막한 저녁이 저물고 있다

깊은 밤에 쓰는 편지

박명현

동
인
시

새 소주를 마시다

풋풋한 새날
새 소주를 마신다

한 잔은 그리움을
한 잔은 두려움을

창밖엔
어둠이 뚝뚝 떨어진다

어제의 낡은 어둠이 아니라
티끌 한 점 없는 어둠이
영롱한 술잔 속에
그리움이 되어
두려움이 되어

애써 마련한
희망이라는 새 잔에 채워진다
언제 가버릴지 모르는 시간이
찰랑거리는 술잔 속에
허전한 파도가 되어 밀려온다

별빛 닮은 그리움이
달빛 닮은 두려움이
그림자도 없이 문턱을 넘어온다

꽃 그림자

내 머리 위에
호수가 하나 생겨났어요

호수에서 떨어지는
폭포수 같은 빗살이
이마 위에 떨어지고
가슴 위를 적시면서
가는 겨울을 마중합니다

눈을 감았다 뜨고
또 감았다 뜨면
얼기 설키 엉켜있는 망막에
예쁜 꽃 그림자 피어납니다

호수에 빠질 때도
빗살을 타고 어딘가로 떠날 때도
가슴에서 피어나는 꽃이
옅어지며 사위어 갈 때
이젠 그 사람이 떠날 때인지
이슬이 햇살에 사라지듯
지나가는 바람에
그 사람의 흔적도
살며시 흩어집니다

내 마음 내가 알아요

내 마음 내가 알아
밤마다 시를 썼어요
별 귀퉁이에도
달 가슴에도
바람의 꼬리에도
그러다, 꿈을 꿉니다

청보리밭에 바람이 찾아들면
파도 소리를 내듯
내 마음 한 켠에는
하루하루가
피아노 건반이 되고 노래가 되어
추억의 담장을 쌓아 갑니다

깊은 밤에 쓰는 편지

오늘도
마음의 오선지 위에 그림을 그립니다
별도 그리고
달도 그리고
그러다 바람도 붙여 놓았습니다

별과 달이
오선지 위에서 내 마음을
연주할 때마다
꿈이 돋아나고
그 이도 환히 밝아집니다

나의 손을 보면서

알브레히트 뒤러의
기도하는 손을 보노라면
아버지의 손이 생각난다

아버지
손바닥은
소나무 등걸 같았다
손가락 끝자락에서
콩이 자라고 고추가 자라고 깨가 자라났다
그 손바닥에는 아카시아 꽃내음이 묻어있고
오 남매 삶이 묻어있었다

손등을 어루더듬어 보면
작은 능선이 구불거리고
명주 천보다 얇아진 살결에는
검버섯이
사랑의 꽃으로 피어났다

손 마디마디마다
사랑의 흔적이 툭툭 불거져
끼워지지 않은 반지들이 생겨났다
그런 아버지의 손을 보다가
나의 손을 보면
꽃잎에 섞여 있는 듯했다

이젠
나의 손도
세월에 패여
어느덧 아버지 손을 닮아있다

그리운 길에는 그리운 사람이 있지

그리운 길에는
그리운 사람이 있지

아직도 그 길
끝까지 가지 못하고
서러운 길만 걷고 있지

그리운 길에는
그리운 사람 묻어있는데
흰 눈으로 덮여
그 길
보이지 않네

사라진 길 위에
그리운 사람 즈려 밟고
언젠가 봄이 오는 날
웃음꽃 피우면
그리운 사람 피어날 거야

그리운 길 따라
그리운 사람 보고파서
오늘도 붉어진 노을만 바라보다
또, 날이 저문다

달빛을 밟고 걷고 싶다

바람에 흰 머리가 흩날린다
생명을 다한 벚꽃처럼
이런 날
달빛을 밟고 걷고 싶다

사십 년을 훌쩍 뛰어넘어
해운대역에서
비둘기호 열차를 타고
부모님이 계신 곳으로 휴가를 떠났다
기대와 설렘과 가슴 한 켠에 자리 잡고있는 그리움

달리는 완행열차의 차창 밖으로
달빛이 밤새도록 따라와
별빛만 마중 나온 풍기역에 내렸을 때
하얀 눈이 내 맘처럼 모든 것을 덮고 있었다

고요만이 숨 쉬고
노루가 지나간 발자국 따라
눈 위를 덮고 있는 달빛을 밟고
그리움 마시며 걷고 있다

내 기억 속에 저장된
그날의 풍경을 생각하며
달 뒤에 숨어버린 어머니 보고 싶어
오늘도
달빛을 밟으며 걷고 싶다

태종대 유람선에서

세찬 파랑을 찍어내는
태종대 앞바다
해식 절벽을 바라보며
유람선이 지나간다
내일은 투석을 받아야 하지만

거칠거칠한 삶을 살아왔다는
오동잎 닮은 여인
바다를 보고 싶어 이곳에 왔다

〈돌아와요 부산항에〉 노래에 맞춰
어깨를 흔들고
엉덩이를 흔들고
춤을 춘다

여인의 가슴은 오늘이 지나면
더 단단해질 것이다
딸이 준다는 신장이식을 마다하고
비가 그치고
바람이 잦아들면
가야 할 곳으로 미련 없이 떠나려 한다

마른하늘이 갑자기 어두워진다
반가운 빗줄기가 쏟아지는데
너울거리는 바다처럼
스쳐 지나가는 바람처럼
뱃머리에 서서 두 팔 벌려
어깨춤을 춘다

정암사 적멸(寂滅)에 비가 내린다

함백산 자락을 타고
정암사 적멸보궁에 비가 내린다

기와지붕 추녀 끝자락 타고
작은 폭포가 쏟아진다
1300년 전 자장율사가 심은 주목이
적멸보궁을 바라보며
온몸으로 비를 맞고 있다

꼿꼿했던 허리 구부리고
너희는 낮아져라
낮아지고 낮아져서 바닥에 이르러라
비구니 스님의 예불 소리
산기슭에 울려 퍼진다

처마 끝자락,
반짝거리며 솟구치는 모래알
어디 모난 곳 있으려나
이리저리 몸 굴리며
수행 중이다

소나기 그치고
마음에 새겨진 외딴 섬 하나
천이백 리 서울 가는 길
외로운 만행(萬行)을 떠나고 있다

유성우(流星雨) 떨어지던 날

나무들도 가을을 보내고 나면
물관을 막아 잎을 떨구는 것처럼
십여 년 암 투병하던 이웃집 여인
막내아들 장가보내고
일주일 되던 날, 먼 길을 떠났다

자식을 위해 마지막 촛불을 밝히고
홀로 먼 길 떠난 그 여인
감나무 위 까치밥처럼
홀로 견딘 세월 애처로워
별빛도 밤새 불을 밝혔다

남편을 빼앗긴 채
남겨진 두 남매를
금이야 옥이야 길러 내느라
손발은 소나무 등걸처럼
갈라 터지고 가슴은 피멍이 든 채로
생의 불씨를 지켜왔다

마지막 잎새가 지던 날
늦은 가을비가 내리고
깔이파리 수의 한 벌 입고
유성우 흘러가는 방향으로
길을 떠났다

그리움이 밀려올 때

지는 잎들이
표표히
몸을 날리는 오후
간간이
불어오는 바람도
제 갈 길로 간다

이런 날은
누군가와
마음을 나누다
뜻 모를 감정에 휩싸여
괜스레 가슴이 먹먹해지기도 한다

노을이 온통
주위를 붉게 채우며
적막 속에서 뒹굴다
별빛과 자리를 바꾸는 동안

깊은 밤에 쓰는 편지

오늘이 가고
내일이 가고
그러다
그러다
갈 곳 없는 마음은 또다시
네게로 간다

감자 꽃 떨어지고 하지(夏至)가 도래하면

장맛비가 걷히고
앞산에는 운무가 산을 가리고
지천을 분별할 수 없는데
산줄기를 타고 늪을 건너서 숨바꼭질하듯
여름 문턱을 넘어 햇살의 길이가 길어지는
하지가 찾아왔다

내 어릴 때는
아스라이 먼 보릿고개가 있었다
배고픔을 모르고 사는 지금은 이해할 수 없지만
그때는 하지를 목메어 기다렸다
산 밑 토사 밭에 삼월 중순에 감자 눈을 도려내서
재를 살짝 묻혀 심은 감자가
자식 사랑으로 백일기도를 드리는 어머니 심정으로
백일을 기다리면
뿌리마다 주먹만 한 감자들이
주렁주렁 달렸다

그것들을 캘 때쯤
어머니의 걱정은 산 능선을 넘어갔다
아침마다
무엇을 먹여야 할지 고민하면서
바가지만 움켜쥐고 서성거리며
가슴에 메여오는 눈물을 삼키면서
부엌을 맴돌던 날들이 태반(太半)이었다

흰 감자 자색 감자를 수확하면서
상차림이 가득해졌다
감자떡 감자 부침개 감자수제비 감자국수 찐 감자 등
때로는 보리밥에 감자가 듬성듬성 얹혀 있을 때는
세상 부러울 것이 없는 듯했다

하얀 분이 반짝거리는 감자를
얼갈이 열무김치와 곁들여 먹을 때면
앞산에 솟아오른 보름달을 베어 먹는 듯이
한 편 기쁨이 가슴에 복받쳐 오르고
때로는 설움이 눈가를 적시우기도 했다

감자 꽃이 하얗게 피었다 지고
여름의 길잡이 하지가 도래하면
감자를 먹을 수 있다는 생각으로
가슴 꽃이 하얗게 피어났다

이제
에어컨 먼지를 털어내며
먼 옛날의 하지를 생각하면서
청계산 기슭 물소리 따라
감자수제비 한 그릇 시켜놓고
감자 꽃 그리면서
추억의 잎새들을 날려야겠다

가을 무렵이 되면

더위가 걷히고 소슬바람이 가을을 몰고 올 때쯤 이면
내 기억을 소환하는 추억의 필름이 상영된다
초등학교 때
돌담길이 황구렁이 기어가듯
마을을 에워싸고 있는 작은 동네에
나보다 한 살 아래인 옆집 여자아이가 살았다
그 애 아버지는 탁주를 거나하게 드신 날이면
돌담을 피아노 건반 두들기듯 두드리며
소리를 읊었다
곡도 가사도 한결같았다
"내 딸이 우리 면에서는 미스코리아지"
"더 예쁜 아이 있으면 나와 봐"
밤이 이슥하도록 목청을 높였다
얼굴이 갸름하고 눈이 예쁜 우영우라는 아이
괜스레 가슴이 울렁거려 그 애 앞을 지나치지 못하고
뒤만 따라갔었는데
아쉽게도 시골 중학교를 진학하지 못하고
고향을 떠나 서울로 갔다
몇 년이 흐른 뒤 567번 버스 안내양이 되어

추석 명절 고향에 내려오면
멀리서 괜스레 웃기만 하던 그녀
세월이 흘러 누군가의 아내가 되었다는 소식에
그날 밤 밤새도록 별만 세었다
새벽이슬을 혼자 맞으며 몇 편의 소설을 섰다 지웠던
기억이 새록새록 돌아났다
결혼을 한 후로
보험회사로 다단계로 전전하면서
세월을 보내다가
환갑을 앞두고 폐암에 걸려
마른 쑥부쟁이가 된 모습을 고향 마을
어귀에서 보았는데
그해 가을이 오기 전,
하늘 한가득 그림을 그렸다
쓱쓱 지워버리듯
내 기억을 지워버리고
파란 하늘 너머로 사라지고 말았다
해마다 가을이 찾아들 때가 되면
하늘이 시리고

가슴이 시리고
별이 시리다

최
연
우

비
원
문
학
회

시간을 끌어안은 사랑

너를 사랑했다
온 시간이 너를 향해 있었고
내 모든 공간이 온통 너였다
죽어도 좋을 만큼 사랑했다

너를 더 많이 알고 싶어 했다
가끔은 네가 낯설게 느껴졌다
그래도 너는 사랑스러웠다

시간이 시간을 업어가며 겹겹이 쌓인 추억
그 위에 살포시 먼지가 보일 때
마주 본 시간 보다 서로의 뒷모습을 바라본 시간이 더 많아진다
궁금하기만 했던 네 모든 것들
이미 다 알아버렸다 단정 짓게 되었다

시간을 끌어안고 숨이 막힐 만큼 사랑한다고 말한다
시간을 흘려보내며 사랑했었다 모든 게 부질없다
열렬한 사랑이 낯설게만 느껴진다
시간을 끌어안은 사랑은 영원한 듯 영원하지 않다

깊은 밤에 쓰는 편지

밤 편지

노트 위 연필 흘러가는 소리
사사삭 온 방에 울려 퍼진다
사각 사각 사각
한 획이 그려질 때마다
네게 전하고 싶었던 그리움은 단어가 되고
긴 숨 속에서 꺼내져 완성된 문장들은
내 작은 방 여기저기서 손끝을 기다린다
편지지 위 어디에 놓여질까

많은 문장을 쓰면 뭐하누
'보고 싶다', '사랑한다'
두 문장 편지지 위에 올려놓고
몇 마디 전하지도 못할 거면서
숨죽여 기다리던 문장들이 나를 보며 안타까워한다

조용하다 못해
먼지의 움직임도 느껴지는 고요 속에
빈방에 홀로 앉아
너에게 전하고 싶은 문장들을 펜에 담아 불러 모은다

최연우   47

아직 완성되지 못했지만
어슴푸레 어둠이 걷히는 적막 속에서
설익은 문장들이 편지지 위로 느리게 내려앉고 있다

깊은 밤에 쓰는 편지

달 그대

입동도 지나지 않았는데 하얀 입김이 솟아나는
11월 어느 날, 창경궁 밤 풍경 속을 걸었다
오래된 기억 속 희미해진
그 사람이 별빛을 건너와
나를 따라왔다

'하루에 한 번은 꼭 밤하늘을 바라봐'
갑자기 떠오른 그의 말에 하늘을 봐라봤다
어느새 어둠이 내려앉은
구름 사이로 새하얀 달이 보였다
그 사람도 보고 있을까

깊은숨을 내쉬고 한걸음에 달려가
달 속에 담겨 있는 내 모습을 보았다
명정전 용마루 위,
밤바람을 등지고 서서
푸르게 시린 달의 눈빛을 마주쳤다

최연우   49

지난밤 밤새도록 누군가 닦아 놓은 달빛에
내 마음이 반사되어
그 사람의 숨길을 따라가고 있었다

'하루에 한 번은 꼭 밤하늘을 바라봐'
내가 그리운 날 그 사람도 달을 보고 있을까
고궁을 나와 광장시장에서 빈대떡에 막걸리 한 잔
걸치고 집으로 향하는 길목에 서 있던
익숙한 달빛, 그가 분명하다

깊은 밤에 쓰는 편지

지하주차장에서 그대를 기다린다

보름이 가까워질수록 둥글어지는
모습을 드러낼 때면
그대는 늦어도 괜찮다며 한적한 도로 위로 내 손을 잡고 달렸다

그렇게 어느 한 곳에 당도하고 나면 그대는 언제
그랬냐는 듯 내 손을 놓고
무심하게 돌아앉아 빈 하늘만 바라보며
긴 한숨을 내쉬었다

달빛은 더 밝은 빛 속으로 나를 끌어들이고
그대는 은밀하게 누구에게도
보이지 않았던 깊은
소리를 내뱉는다

호소하지 않아도 된다
그저 호흡의 건너편에서 너의 입김을 느끼고
온몸으로 끌어안으면 그뿐이다

찬 기운이 내려앉기 시작하면
내 곁을 떠날 그대
환하던 달빛마저 구름에 가려
공기마저 스산해지지만
그대가 뱉어낸 숨결과 온기로
새벽빛이 보일 때까지 그대를 기다릴 수 있었다

나를 알아주고 믿어주는 단 한 사람만 있다면
살아갈 이유가 있는 것처럼
마지막까지 나를 기다려 줄 수 있는 단 한 사람
그대가 있어서 나는 오늘을 살아갈 수 있다

깊은 밤에 쓰는 편지

아버지의 막걸리를 내가 마신다

어슴푸레 검은 이불을 내려 덮는 시간이 찾아오면
사그락사그락 검정 비닐봉지 소리가 들린다
아버지가 빌라 3층을 향해 걸어오는 소리다
발걸음마다 흔들리는 소리가 느릿하게 따라오는 걸 보니
하루 일이 호락호락하지 못했나 보다

문을 열고 환하게 웃으시며 '아빠 왔다' 하고는
비닐봉지 속에서 막걸리 한 병을 꺼내 식탁에 내려놓는다
저녁상에 빠지지 않고 등장하는 참새 방앗간 같은
막걸리 한 병,
밥상과 어우러져 하루의 고단함을 녹인다

내가 기다리는 고기반찬은 아무리 기다려도 나오지 않고
보기 싫은 김치만 자리 잡은 밥상에서
아빠의 막걸리까지 합세한 저녁상은 꼴 보기 싫었다
그렇게 매일 저녁 투덜대며
아빠와 마주하는 저녁은
재잘거리는 이야기도 환한 웃음도 없는 툴툴거리는 심술만 있었다

아버지는 감정을 짐작할 수 없는 묘한 표정으로
딸내미들이 밥을 다 먹을 때까지 천천히 막걸리를 마셨다
'밥 다 먹었네. 얼른 들어가 쉬어라'
아버지는 막걸리와 함께한 저녁상을 물리자마자
혼곤한 잠에 빠져들었다.
마주한 딸내미 얼굴보다
허전함과 고단함을 달래주던 막걸리가 더 좋았던 걸까

막걸리를 속 끝까지 끌어안은 채 눈을 감고 돌아눕던
아버지의 뒷모습은 쓸쓸했지만 편안해 보였다
30년이 흐른 지금, 식탁 위에 놓인 막걸리 한 병
이제는 내가 마신다
마주할 빈 잔도 없이 가득 들어찬 막걸리를
혼자 마신다

시를 읽는 그이

가느다랗게 뜬 눈동자로 지면을 가득 채운 시를 읽는 모습을
바라본다
나지막한 음성으로 읊조리는 시 한 구절,
한 구절에 귀를 기울이며
찬찬히 그 모습을 바라본다

동그랗게 뜬 눈동자 너머
찬찬히 시를 읽고 있는 얼굴에 열기가
가득 차 있다
소리를 따라 움직이는 눈빛
햇살 가득 스며든 창가의 유리알처럼 반짝인다

시를 읊조리던 음성이 점점 사그라들더니
가느다란 눈동자는 천천히 고개를 들어 나를 바라본다
벌써 깜깜한 밤이 찾아왔는가
초승달 두 개가 나란히 누웠다
나를 본 그대가 환하게 웃는다

시를 읊조리며
나를 향해
여덟 살짜리 아이처럼 환하게 웃는다
그이의 눈 속에 눈부처 두 분이 떠올랐다

그대를 천천히 알아갔으면 좋겠습니다

그대를 천천히 알아갔으면 좋겠습니다
따스하게 내리쬐는 봄날 창가의 햇살처럼
그윽한 한 잔의 커피를 마시는 것처럼
그대를 음미하고 싶습니다

그대를 천천히 알아갔으면 좋겠습니다
바람에 흔들리며 떨어지는 가을날의 낙엽처럼
겹겹이 쌓인 수북한 그리움으로 그대 곁에 머물고 싶습니다

기쁘지도 않고, 슬프지도 않고
아무 일 없었던 무의미한 시간의 끝에서
그대를 만났습니다

그대를 알게 된 순간부터
다시 살아나는 나의 시간들을 기억합니다
이제부터 더 많이
그대를 천천히 알아갔으면 좋겠습니다

설거지를 하다가

혼자 먹는 저녁을 준비한다

백자 그릇을 꺼내 나물을 담고
김치를 담고 생선 조림을 올린다

천천히 식사를 하는 동안,
누군가 창문을 두드린다

식사를 마치고
그릇을 하나둘 닦는 동안
일상의 감정들이 끌려 나온다

누군가의 분풀이에
의도치 않은 말 한마디에
온통 멍투성이가 된 누군가의
상처도 끌려 나온다

그릇에 묻은 흔적들을 씻겨내듯
멍 자국을 씻는다

풍풍,
사랑으로 따뜻하고 온화하게
씻어낸다

오늘 하루의 일상이 저물고 있다

내일 아침, 식탁에는
다시 하루 치의 기대와 설렘도 차려질 것이다

기다림

굽은 허리 아래 오래 들여다보는 눈동자가 깊다
땅속까지 볼 기세로 걸음마다 눈빛은 흔들림이 없다

한 번도 마주친 적 없는 눈빛이다
그 시선 끝엔 어떤 아름다움이 머물러 있을까
눈빛 따라 떨궈진 시선이
땅에 닿기도 전에
마주친 사람들의 발걸음이 분주하다
그 발끝엔 무엇이 있을까

온전히 한 곳만 응시하는 눈빛
무엇을 생각하는 걸까
이미 곁에 없는 발걸음에
아직도 미련이 남은 걸까
되돌아올지 모를 발끝을 오랫동안 응시한다

누군가를 기다려 본 사람은 안다
기다리는 동안 행복하다는 것을,
멀리서 들려오는 발걸음에 그의 눈빛도
아름답게 출렁이고 있으리란 것을

깊은 밤에 쓰는 편지

깊은 밤에 쓰는 편지

홀로 된 엄마가
늦은 밤 돋보기를 친구삼아
다시금 찾아온 사랑에게 편지를 쓴다

다부지게 깨문 입술
한참을 쓰다 바라보고 다시 쓰기를 반복
어떤 사연인지 한참 노트를 바라보다
긴 한숨 살며시 풀어 놓는다

쉽사리 편지를 써내려가지 못하고 망설이는 모습
세월의 경험으로도 익숙해지거나 노련해질 수 없는 설렘
깊어진 눈가의 주름 곁에 똘망똘망한 눈동자가
깜깜한 밤하늘 별빛 같다

노년에 찾아온 설레는 사랑
잠 못 이룰 만큼 사랑하는 맘 쉽게 보이지 못하고
가슴의 사연을 써내려가네

'엄마'라는 이름 속에 갇혀 있던 긴 세월
환갑이 돼서야 그 안에 소녀를 만나 깊은 밤
편지를 쓴다 사랑하는 그대에게

최연우   61

바람만 불었다

우연히
비슷한 뒷모습
가슴이 떨려

차마
달려가
불러보지 못하고

무심한 듯 앞으로 지나쳐
아무렇지 않은 듯 뒤돌아섰는데

텅 빈 거리
바람만 불었다

관계

같은 시간에 있고
같은 공간에 있고
같은 사물을 바라보며
같은 맘으로 이야기하고
고개를 끄덕이며 공감했습니다

그런 줄 알았습니다
내 맘을 이해하는구나 생각했습니다
그러나 그대와 내가 바라본 것은
결코 같지 않은 것이었음을.

시선 속에만 머물던 단면의 진실을 알아차렸습니다
결코 같지 않았음을 알았습니다
기억을 버리며 걷던 길 끝에서 만난 하늘.

같았다고 생각했던 너와의 시간보다
우연히 만난 길 위의 하늘만이 한결같았네

박
남
주

비
원
문
학
회

감정의 무게

저울에 올라서서 몸무게를 잰다
탄수화물과 지방으로 범벅된
몸무게를 재는 일은
후회와 두려움의 연속이다
시나브로 따라오는 서글픈 감정은
대봉감처럼 묵직하게
체중계의 바늘을 흔든다
살과 뼈로 얽힌 욕심을 털어 버리고
몸속에 숨어 있는 어떤 무게는
무엇으로 재야 하나

깊은 밤에 쓰는 편지

낯설게 하기

시 속에선 천지가 바뀌어도
괜찮다
읽는 사람이 알아서 해석하면 된다
시집 한 권의 시가 다 좋을 수는 없다

원숭이 똥구멍이 빨개서 사과가 되고
사과가 맛있어서 바나나가 되고
바나나는 길어서 기차가 되고
기차는 빨라서 비행기가 되고
비행기는 높아서 백두산이 된다
떴다 떴다 비행기 날아라 날아라 멀리 멀리 날아라
우리 비행기…

비약과 도약도 거뜬하다

나이가 들어도 변함없는 동심을 지키려고
어려서부터 동요를 가슴에 새기는 이유
세월이 흘러도 낯설지 않게 살아가라는
하늘의 뜻이다

눈 그림자

첫눈이 내리는 날
철원의 두루웰 숲에서
새벽을 맞았다
수북하게 쌓인 눈에
첫 발자국을 만들며
고요한 숲길을 혼자 걸었다
전등불에 비친 눈발이
눈길에 위에 사뿐히 내려앉는다
순간,
눈이 아닌 어른거리는 다른 무엇을 보았다
아,
눈이 눈 그림자와 함께
내리고 있었다
황홀한 전율이 어깨 위에
쌓이기 시작했다

때 늦은 후회

사는 곳에서 멀지 않는 바닷가에
나들이 온 시골 노인의 구릿빛 얼굴이
TV 화면 속에서 환하다

아들을 따라와
'바람이 눈에 들어와서 눈물을 만드네요'라고 말하는
순한 눈동자에 기쁨이 넘친다

일흔 살 어머니는 아직도
마흔 살 아들을 바라보며
'똥 누는 것도 예쁘다'고 한다

서해에서 해바라기 하는
모자를 바라보다
어머니의 붉은 심장을 기억해 냈다

바다도 노란 때가 있다

바다는 언제나 푸르름만 안고 있는 줄 알았다
역사 이래 단 한 번도 색이 변한적 없는데
노란 물이 들었다
긴 가뭄 뒤 물 폭탄을 맞은 후유증이다
바다 탓이 아니라 땅 탓이다
땅 탓이 아니라 사람 탓이다
세상일이 다 평탄치 않듯
나도 노란 물이 들 때가 있다
바다 물빛도 변하는데
난들 어찌
붉으락푸르락하거나
하얗게 질릴 때가 없겠는가?
사람 마음 탓하지 말자
노란 바다를 탓하지 말자
바다인 듯 호수인 듯
시화호 긴 방조제가 물길을
갈랐어도 바다는 바다다
보이는 현실만을 탓하지 말자
바다도 세상의 더러움을 품느라

속이 누렇게 떴을 것이다.
잠시 바다가 노란 물을 머금고 있어도
심연은 여전히 푸르고 당당하리라
내 속이 누렇게 뜰 때도 심장은 붉게 요동치지 않았던가?
바다가 노란 물을 안고 뒹굴도록 그냥 두자
밀물과 썰물 한 터울만이라도 기다리자
깊고 푸른 파도가 휘몰아칠 때까지,

박남주

베타의 죽음

파란 지느러미를 하늘하늘 뽐내던
손녀의 반려동물 물고기가 죽었다
손녀는 눈물바다를 이루었다

새로 한 마리 사 주려고 했더니 또 죽을까 봐 싫다고 한다
정이든 물고기의 죽음이 슬퍼서 우는 손녀의 아픔을 위로하
지 못했다

베타의 수명이 2년은 되는데 벌써 죽었으니 충격이 컸으리라
손녀의 여린 마음 헤아리지 못한 나도
어린 시절엔 강아지를 묻어 주고
나무 십자가를 세우며 서럽게 울었다

세상 풍파를 헤쳐 오는 동안
감정까지 찌들었는지
생명의 죽음을 너무 당연시한 내가
손녀의 여리고 순수한 감정 앞에서
부끄러웠다

사랑은 개수작

작은 개 작은 똥
큰 개 큰 똥

여기도 똥
저기도 똥
똥, 똥, 똥 잔치!

아무 데나 싸질러 놓고 개판을 쳐도
똥이 많으면 즐거운 사람
개 유치원 원장은
'똥이 곧 돈이다'라고
루이비똥처럼 선언한다

사랑이 없으면 똥도 돈도
소용없는
개수작일 뿐이라고
근엄하게 웃는다

박남주   73

역광 촬영

바다를 향해 사진을 찍다가
태양의 하얀 내장을 보았다

끝이 불그레한 혓바닥에서
하얀 피가 쏟아져 나오고
겨울바람이 마술을 부렸다
일렁이는 파도는
거북섬에서 대부도까지
다이아몬드 길을 만들었다

시화호 뻘밭이 만조를 이룰 때마다
태양도 바다도 신이 나서
싱싱한 바닷가 풍경을 꾸민다
겨울 바다 위로 떠오른 태양이
붉은 혀끝으로 파도를 핥는다
내 인생의 파노라마가 일렁이고
음영의 변화까지 씻어낸다

파도에 반사되는 찬란한 빛을
눈으로만 스쳐 보내기 아쉬워
눈(目) 속에 가두고 눈(眼)을 맞춘다

원대리 자작나무 숲에서

설강의 숟가락 개수까지 아는
죽마고우 열두 명이 인제 자작나무 숲을 걸었다
남부지방에선 볼 수 없다느니
서울에서도 보기 어렵다느니
영화 속에서만 보았는데
직접 보니 오길 잘했다느니
함께 걷는 숲길은 더 자작거렸다
일흔이 넘어서도 자작나무 표피처럼 뽀얀 얼굴들
'워따매, 앗따, 징하게' 사투리가 터지고
큰 키 따라 감탄사가 하늘을 찌른다
빽빽한 듯 성긴 듯 도열한 나목 사이로 정이 흐른다
이파리 털어 하늘로 오르려는 매무새는
흰 눈을 품고 서 있다
고향 사투리와 어설픈 서울 말씨가 뒤섞인 입담이
나무 표피로 스며들어 하얀 원대리를 흔든다

첫 빛

우주를 가장 멀리, 가장 깊이 들여다볼 수 있다는
적외선 망원경으로 관측한 우주의 신비를 담은
이미지 사진이 공개되었다

사진 한 장으로 새로운 우주의
시작과 천문과학의 희망을 예고했다

수천 개의 은하로 구성된 은하단
은하마다 수천억 개의 별로 이뤄진 별들 속에서
130억 광년 밖 극도로 희미하게 빛나는 은하를
선명하게 포착했다니 놀라울 뿐이다

태초에 빛이 있으라 하신 하나님의 영역을 파헤치는
인간의 바벨탑은 어디까지 쌓으려나

빛의 시작은 본래 하나였을 텐데
NASA가 명명한 '첫 빛'이
수억만 년의 우주를 건너와 내 가슴에
마지막 빛으로 선명하게 새겨졌다

깊은 밤에 쓰는 편지

두꺼운 북소리

"덩, 궁딱. 따드락 딱, 구궁 딱!"

직사각형 종이박스의 작은 면을 대점으로, 넓은 면을 궁편과 채편으로 삼아 두드리는 고향 친구 유당의 장단이 둔탁했지만 듣고 있는 동안 가슴 한편이 저려왔다. 장단을 맞춰 추임새를 넣는 친구들도 있었고 모처럼 만난 반가움에 들뜬 탓도 있었겠지만, 밤이 이슥하도록 노래를 부르며 지난 옛이야기에 젖어들었다. 한동안 고수(鼓手)가 된 유당이 미안한 표정으로 내게 넌지시 물었다.

"어이 종심, 자네가 고수가 되었어야 헌디, 어째서 아부지한테 북을 전수 받지 않았능가?"

"그렇지 않아도 후회가 되네. 젊었을 땐 여유가 없었지 뭐!"

나는 별일 아닌 듯 대답했다. 목청이 좋은 죽봉은 '호남가'와 '사철가' 등을 불렀다. 연한 옥색 도포를 입고 갓을 쓰고 봉사하는 친구들의 사진을 보긴 했지만 직접 만나서 현장에서 들으니 울림이 더 깊었다. 친구들의 북 장단과 청아한 목소리는 호령하다 흐느끼고, 숨이 멎을 듯 끊어지다 다시 이어지던 아버지의 노랫소리를 떠올리게 했다.

아버지는 전문 고수도 아니었고 그렇다고 농사꾼도 아니었다. 3천여 평의 땅에 수확 시기가 각각 다른 품종의 복숭아 묘목을 심은 것만 봐도 그랬다. 그런 사정으로 나는 초등학교 5학년 때부터 여름방학 내내 과수원집에서 아버지와 묶여서 지냈다. 마을에 있던 본집에서 500여 미터 떨어진 과수원까지 점심을 날라야 했고 방학 내내 그곳에서 아버지와 함께 잠을 잤다. 어둠이 찾아들어 고요해지면 아버지는 북채를 두드리며 시름을 잊었다. 밤마다 과수원에 울려 퍼지는 아버지의 북소리를 들으며 복숭아도 익어갔고 나도 한 뼘씩 키가 자랐다. 세로가 가로보다 두 배나 더 긴 시조 책에는 가사에 따라 구불구불 높낮이가 낙서처럼 그려져 있었다. 어린 마음에도 저 높낮이와 길이를 어떻게 맞추어서 북을 치고 시조를 읊는지 궁금했다. 시조 책에 그려놓은 높고 낮은 굴곡보다 더 험한 인생길을 넘으려니 밤마다 북을 칠 수밖에 없었음을 어른이 되어서야 알아차렸다.

북은 판소리 장단에 쓰는 소리북이었다. 한쪽이 작은 구멍이 날 듯 말 듯 닳아 있어서 그쪽은 손바닥으로 박자를 맞추

　　　　　　　　　　　　　　깊은 밤에 쓰는 편지

었고 북채를 맞는 쪽은 늘 반대쪽이었다. 그렇다고 반대쪽도 멀쩡한 것은 아니었다. 상대적으로 덜 닳아 있어서 그쪽을 때려야 더 좋은 소리가 났기 때문이다. 북채에 맞아 부르튼 소가죽이 매우 두꺼워서 신기하기도 했다.

북채는 두 개였다. 연한 갈색의 박달나무 북채는 아꼈고 노란빛을 띠는 탱자나무 북채로 주로 쳤다. 매끄러운 배흘림 기둥 모양의 북채는 내 손아귀에 들어오고 감촉이 좋아서 무작정 북을 두들겨 보기도 했다. 나는 북을 배울 생각도 하지 못했고 아버지 역시 내게 북을 가르쳐 주려고 하지 않았다.

겨울철 과수원집은 소리꾼들의 모임 장소가 되었다. 나는 수시로 심부름을 다녔다. 자전거를 타고 멀리 세동의 종수 씨, 가삼동의 치주 씨, 아랫목골 옥규 씨는 단골 초청 대상이었다. 6km도 넘는 본량면의 나씨 집까지도 갔다. 종수 씨와 옥규 씨는 목소리가 참 좋았다. 내가 들어봐도 굵직하고 음량이 풍부했다.

가끔씩 전문 소리꾼들이 모이는 날에는 장터 입구 식당에서 아버지는 북을 치고 소리꾼들은 돌아가면서 판소리를 했다. 한복으로 곱게 차려입은 여자 소리꾼이 담배에 불을 붙여 아버지에게 건네주면 동네 형들이 "니 아브지 기생하고 키스했다"고 놀리기도 했다. 그럴 때는 부끄러웠다. 이런 날에 아버지는 판소리는 하지는 않고 오직 고수로서 역할만 했다.

회갑잔치 때는 꽤 많은 국악인들을 초청해서 마을잔치를 벌였다. 주인공으로서 아버지가 부른 판소리는 굵고 풍성했으며 허스키한 목소리가 적절히 조합되어 있었다. 그동안 한 번도 들어보지 못한 유명한 소리꾼과 버금가는 힘찬 목소리였다.

큰 누님으로부터 아버지가 북에 미친 사연을 처음 들었다. 그저 취미로 즐겨 치는 줄로만 알았는데 그게 아니었다. 3남 1녀인 아버지는 큰아버지와 삼촌을 6·25전쟁 때 잃었다. 고모부는 상이군인이 되어 전쟁터에서 돌아왔다. 어눌한 말투와 두 개의 목발을 딛고 다니던 모습에 나는 한 번도 가까이 가질 않았다. 한꺼번에 밀어닥친 불행 앞에 아버지가 할 수 있는 것이라곤 북을 두드리는 일뿐이었다. 더구나 큰아버지가 억울하게 죽은 여름이 오면 아버지는 실성한 듯 북을 쳤다. 무더운 여름 내내 북을 친 이유였다. 밤마다 세상을 향해 토해 놓는 아버지의 울분에 복숭아도 유난히 붉게 익었다. 한여름 밤 아버지의 북소리가 나의 뇌리에서 평생 떠나지 않았다.

북 치는 법을 전수받았더라면 아버지의 슬픔을 가늠해 볼 수 있었을까? 북을 가르쳐 주지 않은 큰 뜻을 짐작하기 어렵지만, 아버지의 울분이 내게 전해지는 것을 원치 않았을지도 모른다. 북채를 잡고 자신의 가슴팍을 수도 없이 두드렸을 아버지도 이제 내 곁에 안 계신다. 높고 낮으며 길고 짧은 것을 잘 다루어야만 하는 것이 인생이란 것을 에둘러 가르쳐 준 아버지도, 과수원집도, 세동의 종수 씨, 가삼동의 치주 씨, 아랫목골 옥규 씨도 내 기억 속에만 존재한다.

종이박스의 장단에 취해 친구와 자리를 바꿔 앉아 북채를 쥐고 두드린다.

"덩, 궁딱, 따드락 딱, 구궁 딱!"

아버지가 치던 낡은 북소리와 나의 서툰 북소리가 중첩되어 메아리처럼 두껍게 밤하늘에 울려 퍼진다. 복숭아가 익어 가는 여름밤, 이제는 그때의 아버지보다 더 나이 들어가는 친구들이 모여 앉아 북을 두드린다. 노랫소리는 밤이 깊어 어둠이 옅어질 때까지 이어진다.

(2022년 대구매일 시니어 문학상 최우수 당선작)

[산문]
무딘 칼 한 자루

    수서역에서 광주 송정역으로 가는 SRT 열차를 탔다. 사촌 형님의 부고를 받고 황망히 길을 나선 탓이라 두서없이 자리를 잡고 앉으니, 차창 밖은 오월의 싱그러움이 한창 펼쳐지고 있었다. 산야가 온통 옅은 초록에서 짙은 초록으로 물들었다. 모심기하려고 물을 담아 놓은 논과 누르스름하게 익어가는 보리밭이 어우러지는 들판이 끝도 없이 이어졌다. 바람에 일렁이는 보리밭을 배경으로 SRT 열차는 빠르게 달렸다. 무엇이 그리 급해 사촌 형님은 인생 여행길에서 황급히 하차했을까. 비어 있는 형님의 빈자리가 내내 마음에 걸렸다. 기차가 종착역에 닿으려면 한참을 달려야겠지만, 아직 내게 남은 역이 몇 정거장인지 나는 세지 않기로 했다. 휙휙 스치는 풍경 속에 오도카니 앉아 있으니, 시간이 마치 거꾸로 달리는 듯했다. 형님과 함께 보낸 개구쟁이 짓을 하던 어린 시절이 떠올라서 눈시울이 촉촉해졌다.

    송정리역 앞에 큰 당숙집이 있었고 조금 떨어진 철길 건널목에 작은 당숙집이 있었다. 철길을 중심으로 낮고 자그마한

깊은 밤에 쓰는 편지

집들이 많았는데 생각보다 철길과 가까워서 어린 마음에도 늘 불안했다. 봄이면 철길 옆에 민들레꽃이 피어있고 온갖 풀들이 무성했다. 당숙 집안에 행사가 있는 날이면 사촌 형님과 나는 철길 레일 위를 걸어보면서 사내들만의 대담함을 키웠다. 지금 생각해도 아찔한 장면이지만 우리는 겁내거나 주저하지 않고 기차가 달려오기만 기다리며 언덕에 바짝 엎드려 있었다. 우리가 기차를 기다린 이유는 대못으로 칼을 만들기 위해서였다. 햇살이 레일 위를 비춰 번들거리며 빛날 때 그 위에 대못을 올려놓고 숨죽이면 조마조마했던 마음까지 납작하게 눌려 반반해졌다. 대못을 구하기가 쉽지 않아 광에 있는 연장통에서 아버지 몰래 못을 골라낸 일이 한두 번이 아니었다. 그것뿐만이 아니었다. 엄지와 검지의 지문이 닿도록 못치기를 해서 따 놓은 못이 내게는 많이 있었다. 기찻길 근처에 사는 당숙 집에 가는 날은 어김없이 우리는 못을 챙겨 갔다.

기차는 멀리서 기적을 울리며 곧 지나갈 것이라는 신호를 보냈다. 우리는 얼른 대못을 철로위에 나란히 올려놓고 철길 옆 골목으로 숨어서 기차가 지나가기를 기다렸다. 육촌인 서주와 형님은 철길에서 멀리 도망가지도 않고 기차를 두려워하지 않았다. 아무래도 철길 옆에 살아서 기차 소리에 익숙했으리라. 나는 더 멀찌감치 떨어져 몸까지 숨기고 있어도 커

다란 기차가 굉음을 지르고 덜컹거리며 지나갈 때 몸을 움츠리곤 했다. 기차가 지나가고 나면 기대를 안고 철길로 달려갔다. 가슴 졸이며 못칼을 찾다가 실망스러운 한숨을 내쉬기도 하고, 제대로 납작하게 눌린 못을 발견하고 환호성을 지르기도 했다. 못 머리가 동그란 것은 날씬한 몸통 보다 커서 아쉽게도 레일 아래로 떨어져 있거나 어디론가 가버렸다. 다음 기차가 올 때까지 기다렸다가 다시 못을 올려놓기를 몇 번 하다 보면 다행히 납작해진 못 서너 개는 건질 수 있었다. 육중한 기차 바퀴에 눌린 못은 납작해졌지만, 칼로 사용하기에는 무딘 편이었다.

사촌 형과 나는 못 머리를 콘크리트 담벼락에 갈아내느라 애를 먹기도 했다. 한쪽을 칼날처럼 만들려면 숫돌에 대고 한쪽을 갈아야 했다. 연필을 깎을 수 있기는커녕, 칼이라 부르기도 민망했지만, 그저 못칼 한 자루 가질 수 있음에 만족했다. 나는 기를 쓰며 못칼을 여러 개 만들어 친구들에게 자랑하며 우쭐대고 싶었다. 형과 함께 철로 위에 못을 올려놓고 기다린 일을 무용담처럼 말하면 친구들은 귀를 쫑긋하고 들었다. 친한 친구에게 주며 뻐길 수 있어서 뿌듯했다. 변변한 장난감 하나 없던 친구들에게 썩 괜찮은 선물이었다.

숨 가쁘게 달리던 SRT 열차가 광주 송정역 플랫폼에서 긴 한숨을 토해내며 멈춰 선다. 예전에 우리가 뛰놀던 기차역이 아니듯이, 육촌 서주 동생도, 봉주, 경주 형도 종착역에 닿기 전에 세상을 떠나고 아무도 없다. 이제 나도 하늘역이 더 가까운 나이다. 우리끼리 모여 밤새워 장난치던 송정리역 당숙집은 이제 내 기억 속에만 남아있다.

돌이켜보면 한때는 예리한 칼이 되려 했으나 내 삶은 여전히 무딘 칼이었다. 살다보면 잘 드는 칼이 필요할 때도 있었다. 칼날을 벼리려고 다짐을 해봐도 번번이 그렇지 못했다. 칼을 함부로 휘두르지 않고 꼭 필요한 곳에만 써야 함이 당연했다. 날카로운 칼날은 어쨌거나 상처가 남는 법, 어디 칼이라는 게 그리 만만한가. 내가 원한 인생은 아니었지만 무딘 칼 한 자루로 한세상을 건너오는 동안 칼의 위력을 실감했다. 내리쳐도 상처가 남지 않는 못칼 한 자루면 나는 살아가는 데 충분하다는 생각이 들었다.

장례식장에서 만난 사촌, 육촌 형수님들의 얼굴에 깊어진 주름을 보니 세월이 무상함을 느낀다. 고왔던 모습은 온데간데없고 백발이 성성한 모습이다. 영정 앞에 서니 기적을 울리며 멀리서 기차가 달려오는 듯하다. 나는 내 마음에 박혀있던 대못 하나를 꺼내 레일 위에 올린다.

"행님요, 지금 기차가 들어오고 있구만이라우!"

오직 앞만 보고 달린 형님은 이따금 고음의 쇳소리를 내며 어둡고 긴 터널을 지나 먼 길을 떠나고 있다. 서산마루에 일순간 스러지는 빛처럼 사진 속의 형님이 빙그레 웃고 있다.

(2022년 철도문학상 최우수상 수상작)

이
화
선

비
원
문
학
회

오늘은 일찍 잠들자

오늘은 일찍 잠들자
저녁을 누구보다 빨리 먹고
동그랗게 채워진 배가 서서히 저물 때쯤
하나둘 사람들이 꿈동산을 향해 가면
그 달콤한 입장을 나도 준비하자
어느 날은 세상의 진한 매력에 빠져
하루를 온전히 떠나보내기 아쉬워
시간을 다 채우려다 자정을 넘겼고
또 어느 날은 하루 치의 기억을 되돌리며
티비 드라마의 재방송을 시청하듯
생각의 풍선을 불다 늦게 잠들었다
그러나 이제는 일찍 잠자리에 들자
온종일 손가락에 시달렸던 핸드폰도 재우고
마음의 짐을 지고 움직였던 몸도 내려놓자
세상의 마지막을 닫을 듯이 그렇게
담판 지으려 하지 말고
오늘은 그냥 조금 일찍 잠들자
그리고 더 많은 내일의 시간을 받아내자

악취의 근원

지하철 자리에 앉아 막 눈을 감았을 때였다
갑자기 코를 확 찌르는 악취가 진동했다
눈을 떠보니 오른쪽으로 두 번째 자리에
꾀죄죄한 모습의 남자가 앉아있었다
구역질이 올라오는 냄새는
콧속을 찔러 심장까지 움찔거리게 했다
자리를 이동할 곳이 있나
한참을 고민하며 둘러보아도 빈자리는 안 보였다
그러다 문득
저 사람은 냄새로 내 콧속을 찔러
이 순간을 괴롭게 하지만
나는 누군가의 심장을 찌른 적은 없는지
씻을 수 없는 상처를 준 적은 없는지
악취에 코를 찔린 채
자리를 뜨지 못하고 생각했다
남자는 얼마 후 곧 내렸고
나는 악취로부터 해방되었지만
내 안의 물음표는 여전히
악취를 풍기며 나를 따라왔다

시에도 유통기한이 있나요?

내일부터 아닌 오늘 하세요
이따가 할 거야 아닌 지금 하세요
다음에 보자 아닌 오늘 보세요
이런, 모두 기한이 얼마 남지 않았네요
유통기한이 조금 지나도 괜찮겠지만
속은 조금 불편하실 수 있어요
그러니까 이 시를 읽는다면
내일이 오기 전에 될 수 있는 한
모두 오늘 하도록 하세요
무슨 시에 유통기한이 있냐고 화를 내거나
늦저녁에 읽었다고 저를 원망하지 마세요
당신 영혼의 유통기한은
그 누구도 보장할 수 없거든요

사랑은 공놀이

공이 내게 던져졌다
받은 공을 가슴에 꼭 안았다
갑자기 네가 귀여워 보이기 시작했다
눈에 넣어도 아프지 않을 공이다
내가 안고 있던 공을
힘껏 네게로 던졌다
이제 너는 내가 귀엽다고 했다
두 볼을 꼬집어주고 싶을 만큼
오고 가는 공은
서로가 서로를 귀여워하는 마음
서로가 서로에게 공을 패스하며
반쪽이었던 심장이 하나로 연결된다
공이 뛰기 시작했다

경사는 위대하다

경사는 위대하다
산을 가파르게 하고 물을 흐르게 하는 힘,
낮은 곳을 채워 높이를 뛰어넘는다
요즘 들어 청소를 열심히 하는
엄마의 등에도 경사가 깊어간다
젊어서 지고 온 짐 다 내려놓지 못하고
모르는 척 하나둘 흘리지도 못하고
생을 통해 고여 있었던 것들을 하나둘
비워내느라 경사는 점점 가팔라진다
자신을 온전히 씻어낼 수는 없어도
능선처럼 굽이치고 경사진 길을
숙명처럼 여기며 계속해서 뛰어넘는다

거꾸로 세상

와, 지붕이 아래로 우뚝 솟아 있어!
땅속 깊은 곳엔 푸른 하늘이
끝없이 펼쳐져 있네?
끝이 다 보이지 않는 하늘 속으로
뭉게뭉게 뭉게구름 흘러가고
나무는 아래로 자라나
거꾸로 하늘 속으로 쭉
가끔 신바람이 난 참새도
하늘 속으로 머리를 퐁퐁퐁
날개 달린 비행기도 거울 속에서는
거꾸로 거꾸로 날아가고 있네
한참, 거꾸로 세상에 빠져 있는데
"밖에서 잠들면 입 돌아간다"
아빠의 한 마디에 환상이 깨졌다
세상은 거꾸로 들여다보면
신기한 게 참 많은데

이화선

[동시]
거짓말은 불편해

어제 우리 반 짝꿍을 바꿨는데
난 내 전 짝꿍이 더 좋다
책장을 넘기는 것도 시끄럽고
중앙선을 넘어오지 말라고 했는데
계속 책이 내 쪽으로 넘어온다

오늘은 1교시가 시작되자마자
짝꿍이 지우개를 빌려달라고 했는데
그것도 틀렸냐고 놀리며
나도 지우개가 없다고 거짓말을 했다

그렇게 4교시 미술수업이 시작됐고
선을 잘못 긋는 바람에
나도 지우개가 필요했다

하지만 집에 갈 때까지
가방 속에 있는 지우개를
몇 번이고 불러내고 싶었지만
부를 수 없었다

고객님의 택배는 배송 중

안녕하세요?
며칠 전에 '핵 행복해요 50g'을 주문했는데요
아직 배송 준비 중으로 뜨네요
죄송하지만 환불 부탁드릴게요
요즘 찾는 사람이 많아서 그런지
빠르게 배송될 줄 알았는데
생각보다 오래 걸리네요
이제는 받아도 필요 없을 것 같아요
덕분에 기다리는 동안에
엄마가 만들어 준 부침개를 먹고
아빠랑 자전거 시합을 몇 번 했더니
이제는 필요가 없게 되었거든요
혹시 환불이 안 된다면
'핵 꿀잼 웃음 세트'로 바꿔주세요
이번 주말에는 받아볼 수 있겠죠?

[동시]
고구마 캐기

자, 어디 보자 어떤 놈이 나올까?
할아버지가 먼저 말씀하셨다

오이처럼 생긴 애도 있네?
아빠가 신기해했다

와, 이건 꼭 고구마가 아니고 호박 같다!
삼촌의 감탄이 이어졌다

닮은 듯 다르게 생긴 고구마 가족
기지개를 활짝 펴며
흙을 털고 세상에 나오는 날

너도나도 신이 났는지
고구마들 제 모습 뽐내기 바쁘다

꼬르륵 요정

원미공원 한복판에서
정말 개미가 꼬르륵거렸다니까
개미도 배가 고팠던 거지

벤치에 앉아 과자를 먹고 있었는데
개미가 있길래 혼자 먹기 미안해서
과자를 잘게 부숴서 개미 앞에 놔줬어

어찌나 좋아하던지
과자 주위를 한동안 뱅뱅 돌다가
갑자기 어디론가 사라지더라고

너무 커서 포기했나? 했더니
곧 친구들을 데리고 달려오더라고
배고픈 친구들이 새까맣게 몰려들었어

여기저기서 꼬르륵꼬르륵하면서
난 정말 시냇물이 생긴 줄 알았다니까?

이화선   97

강
명
희

비
원
문
학
회

꽃길 현수막

대학 교정에 걸린 현수막
'꽃길만 걸으세요'
정처 없이 혼자 나부낀다
사회로 진출하는
졸업생들에게 보내는
기원이겠지만

교문을 나서는 졸업생이나
교문 안에서 내보내는 재학생이나
설렘보다 더 커진 불안 때문에
서로를 위한 위로를 보내는 것이다

삶이 어찌 꽃길만 있을까
그렇지만 누구나 떠나보내는 마음은
꽃길만 걷길 응원한다

가끔은 진흙길 자갈길을
만나게 되더라도
좌절하거나
실망하지 말고
꿋꿋하게 걸어가라고,
그것이 남은 사람들의
유일한 희망이라고,

소망

뒤돌아볼 틈 없이 살아왔다
이순의 고개를 넘어
문득 돌아보니
바쁘게 헤쳐 온 시간들이
낡은 잡지처럼
쌓여있다

걸어가는 길마다
보이지 않는
선 그어놓고
행여 선 밖으로
벗어날까 봐
조바심내며 살아왔다

이제는 긴 호흡 참아가며
마음속 깊은 곳에
숨어 있던
숨비소리 꺼내어
행복한 숨결
그대와 더불어 나누고 싶다

깊은 밤에 쓰는 편지

안개에 대한 추억

70년대 초반, 나는 여고생이었다
학교가 읍내 끝 산자락 아래에 있어서
가을날 일찍 학교에 가면
온통 안개에 휩싸인 교정은
만화에 나오는 신비로운 성처럼 느껴졌다

나는 늘 학교를 1등으로 가는
재미에 푹 빠져
아무도 없는 운동장 가운데에서
베일에 싸인 안갯속으로 들어가
깊은숨을 몰아쉬며 신비로운 환상에 젖는
사춘기 시절의 취미를 갖게 되었다

아침마다 낮은 담장처럼
빙 둘러 피어있는
코스모스 꽃길을 따라 걸으면
어느새 해는
안개를 산꼭대기로 밀어내고
주인처럼 운동장을 점령하곤 했다

무진기행 속 안개는 여귀(女鬼)가
뿜어내놓는 입김과 같다고 했는데
나에게 안개는
신기한 환상 속을 거니는
어린 왕자의 바오밥 나무였다

물

물처럼 살았지
향기도 모양도 만들지 못하고
네모 옆에서는 네모로
동그라미 옆에서는 동그라미로
얕은 그릇, 깊은 그릇 모양에 따라
무엇에든 그릇에 맞추느라
정작 나는 어떤 모양인지 잊고 살았다

늘 잔잔한 호수 같은 평화를 사랑한다고
스스로 위로했지만
호수 아래 깊이 가라앉은 뿌리는
물 밖으로 고개도 내밀지 못한 채
이순을 넘겼다

고개를 내밀어야 꽃을 피울 텐데
고개를 내밀어야 별을 볼 텐데
이제 남은 시간이 아까워
안간힘으로 까치발 들고
물 밖으로
나를 보낸다

강명희

가을 햇살

가을장마가 끝나고
맞이하는
청명한 햇살은
9월 첫날
반가운 손님처럼
눈부시게
찾아왔다

무덥고 지리했던
시간들을 잘 견뎌준
사람들에게, 초목에게,
대지에게 주는
시원한 선물이다

백로가 지나고
이슬이 깊어지면
들판은 온통
황금빛 고개를
숙일 것이다

저 햇살 모두
저물기 전에
내 가슴 가득
저장해 두어야겠다

소다 심부름

어린 시절
조금만 신경을 쓰면
소화를 못 시켜서
끄륵 끄륵 하시던
아버지의 심부름으로
소다를 사러 갔었다

구멍가게에서
초등학교 남자 동창 아이가
주둥이가 좁은 항아리에 담긴
소다를 양은 국자로 떠서
저울에 달아 누런 종이 봉지에 담아주면
달랑거리며 들고 왔었다

60년대 초 소화제도 귀해서
소다를 먹던 시절 이야기이다
60년대가 저물어갈 무렵
월남에 간 큰집 오빠가
작은아버지 선물로 파란 병에 든

하얗고 묽은 액체가 들어있던
암포젤 엠이라는 미제약을 가져 왔었다

그렇게 세월이 흘러
우리나라에도 약이 흔해지고
약국도 많아지고 더 이상
소다 심부름을 하지 않아도 되었지만

어느덧 아버지 나이를 넘어선
나는 하루에 열 번이라도 좋으니
소다 심부름을 시키는 아버지가
곁에 있으면 좋겠다고 생각한다

강명희

풍경

우리 집 거실에 앉으면
멀리 보이는 푸른 산이
산수화 한 폭 되어
계절마다 다른 빛깔로
나를 반겼다

이른 봄엔
연분홍 진달래와
샛노란 개나리가
멀리서 보아도
나를 가슴 뛰게 하고
연둣빛 새순이 파도처럼 밀려와
나를 이곳에 주저앉게 했다

푸른 산은 어둔 밤
밝은 보름달을
넘나들게 하고
보름이면 그달 보며
간절히 소원을 빌기도 했다

깊은 밤에 쓰는 편지

그 산 아래 언제부턴가
아파트가 들어서더니
고압 송전탑도 따라 들어와
풍경을 뭉개놓고
가슴도 뭉개 놓았다

내 풍경을 허락도 없이
빼앗아간 사람들은
누구로부터
권한을 위임받았을까

정상에서

여기까지
어떻게 왔는데
대단치 않다고
비웃지는 말아라

설렘으로
잠 설치고
새벽에 일어나
굽이굽이 비탈길을
숨차게 올랐다

능선 너머로
떠오르는 해도 보았고
걷고 또 걸으며
풀꽃의 미소를 발견하고
작은 기쁨도 맛보았다

땀이 범벅되어
가다 쉬기를 반복할 때마다

그만 포기하고 돌아갈까
수없이 망설이기도 하였다

등에 진 짐이 무거워
버리고 싶은 순간
한두 번이 아니었지만
눈물 흘리며 힘겹게
올라온 길이다

하지만 나는
오늘 내가 만나는 사람에게
여기까지 오느라 힘들었지만
후회하지 않는다고
스스로 대견하다고
칭찬과 위로를
건넬 것이다
누군가 내 길을 걸어갈 사람이
있을 것을 믿기에

'그리다'

아무도 기억해 주지 않는
죽음이 있다
빈소도 없고 조문객도 없는
서울형 공영 장례 서비스로
서울시립승화원에 마련된
무연고 사망자 방의 이름이다

성당에서 연령회 봉사를 할 때
수도 없이 드나들던
벽제화장장에
이런 방이 따로 있었다는 걸
이제야 알게 되었다
아는 만큼 보인다고 했던가

함께 봉사하던 성당의 형제님이
이사 간 후 한참 지나 전화가 왔다
"바쁠 줄 훤히 짐작이 되지만
혼자 봉사하다 보니 일이 벅차서
내가 도와주면 좋겠다고 했다"

무연고자의 마지막 길을
배웅하는 일이라는 말을 듣고
바쁘지만 기도는 해드리는 것이
좋겠다는 생각으로 달려갔다

그동안 몰라서 못 했다면
이제 알게 된 이상
힘이 닿는 데까지는
착한 사마리아인처럼
행동으로 옮기고 싶었다

처음 달려간 그곳엔
가족해체와 빈곤으로
장례를 치르지 못하고
연고 없이 돌아가신 사망자
두 분이 모셔져 있었다
여자분은 내 또래의 초췌한
증명사진을 확대한
오래된 사진이 걸려있었고

또 한 분은 그나마 사진도 없이
이름만 걸려있었다

그가 살아온 삶이
얼마나 외롭고 가난하고
힘들었을까?

그들도 어머니 품에서
처음 세상에 나올 때는
큰 기대와 기쁨을
나누었을 텐데,
아무도 배웅하지 않는 길을
떠나게 될 줄
짐작이나 했을까

깊은 밤에 쓰는 편지

이승을 떠나가는
마지막 길이
인간으로서의 존엄성을
잃지 않도록
간절한 마음을 모아
기도해 드렸다

부디 소풍 떠난 그곳에선
천국의 기쁨을
누릴 수 있기를

힘내요, 덕순씨!

갑자기 추워진 날씨에
행정안전부, 서울시,
구청에서 득달같이
문자가 온다
바람이 강하게 불고
체감온도 낮으니
가급적 외출을
자제하라고 한다

우리 동네 돌봄단의
한 사람으로서 평소
안부 전화를 하는 몇 분이
마음에 걸려 전화를 했다

늘 불만 섞인 목소리로
대답하던 70대
덕순 아주머니가
보일러가 고장이 났는데
그 지역이 재개발된다고
주인이 고쳐주지 않는다고 했다

잠잘 때는 전기장판으로
견디지만 따뜻한 물을
쓰려면 물을 데워야 해서
고생스럽다고 했다

다른 사람은 주민센터에서
마스크도 받아가고
여름에는 선풍기도 주던데
자기만 안 준다는 것이다
그럴 리가?
살살 달래며 물어보니
어렵게 말을 꺼낸다

모든 소식이 문자로 날아오는데
자신은 글씨를 몰라
문자를 못 보고
남이 받아가고 난 뒤에
가면 없다는 것이다

아, 이럴 수가!
그동안 창피해서 어디에도
말도 못했다고 한다

다음에는 절대 그러지 말고
담당자가 있으니 사정 이야기를
하고 문자 보낼 때 꼭 전화로
알려주기를 부탁하라고 당부했다

남자 형제들은 공부를 가르쳤는데
자신은 딸이라고
안 가르쳤다는 것이다
어렵게 살아온 인생이
늙어가도록 발목을 잡을 줄
몰랐을 것이다

그때는 어쩔 수 없는 시절이었으니
절대 부끄러운 일이 아니라고
솔직하게 말하고
도움을 받으라고 당부했다

　　　　　　　　깊은 밤에 쓰는 편지

덕순 아주머니는 연신 고맙다고
선생님이 계속 자신을 관리해주면
좋겠다고 말했다.
그동안 자신을 알아봐 주는
따뜻한 위로와
대화가 필요했을 것이다

추운 밤 덕순 아주머니를
생각하니 괜히 화가 나고
짠한 마음에
가슴이 시려 왔다

자식들 키우며 열심히
살아왔는데
늙고 병들고 글자도 몰라
서러운 덕순 씨,
이제 걱정 말아요
우리가 있잖아요

이
상
옥

비
원
문
학
회

다시 봄을 기다리며

따뜻한 봄날
엄마는 내게 세상에 나가 보라고 용기를 주었지
"하늘빛 허공에 빛나는 햇살이
너를 품어 줄 거야"

아침이슬에 빛나는 연둣빛
이파리들이 돋아나기 시작했고
햇볕은 나를 따라오며
봄의 왈츠를 추자고 손을 내밀었어

쑥쑥 이파리의 폭은 넓어지고,
나뭇가지에 날개를 펴고
깊은 그늘을 만들었지

동네 아이들이 모여들어
강강수월래를 돌고, 사내아이들의 자치기 놀이와 웃음소리는
마을을 키워나갔어

여름이 되자 가지마다 꽃을 피웠지
향긋한 꽃향기는 벌 나비를 유혹했고
파티를 열었어

그리고 어느덧 찬바람 불어와
빨갛게 노랗게 물든 열매를
탐스럽게 달아놓고
가을의 풍요로움으로 으쓱했었어

다시 저 산 너머로 높새바람 불어오고,
천둥 번개 치는 순간이 오면
너도나도 속절없이 가슴이 흐트러져
슬퍼질 거야

따뜻한 봄날이
다시 그리워질 거야
씨앗을 심어야겠다 소리에서 음표를 낚아야겠다

문풍지

한겨울 차디찬 냉기와
안으로 새는 바람을 꾹꾹 막아내느라
문틈마다 문풍지를 붙이고 살았다

겨우내 바람 한 점도 무서워
온몸을 꽁꽁 싸매고도 집 밖을 나서기가 겁나는데
맨몸으로 버티고 서 있는 나무들은
대지의 촛대가 되어 꼿꼿이 서 있다

생명의 어머니가 그러하듯
길 잃은 겨울새의 보금자리가 되어 주고
벌레들이 숨죽여 살아갈 안식처가 되어 주는
태백산 나무

부러지지도 않고, 때로는 휘어지지도 않는
곧은 목숨이 되어 천 년을 하루같이
버티고 또 버틴다

이제 겨우 백 년도 안 된 나무를 바라보는
어머니 같은 고목에게
겨울은 지구의 문풍지였구나

나이를 먹는다는 것은 문풍지를 만들어가는 것
세월 속에 심장을 묻는 것
그리고 살아가는 동안 생각의 나이테가
둥글어지는 것이다

정전

퓨즈가 불탄다
캄캄해진 세상,
바람 소리마저 적막하다

여기 소나무가 있었는데
저기 모과나무가 있었는데
헤매는 동안

과부하로 타버린 퓨즈를 안고
전류를 찾는다

복잡하게 얽혀있는 세상 속
혈류를 찾아
빨갛고 파란 피복을 벗기며

색맹이었나, 색약이었나

끊어진 퓨즈에 다시 전류가 흐르도록
바람을 땡겨야겠다

떨어진 낙엽이라도 모아야겠다

사계절 친구

살아오는 동안
봄을 여름을 가을을 겨울을 몇 번이나 맞이했던가

계절은 어느새 절친이 되었다
대지에 생명이 돋아나는 봄
마음에 이랑을 파고 글씨를 파종했다

시간이 싹을 틔운 모종을 글밭에 심는다
여름 뙤약볕에 물을 주고, 잡초를 뽑아내며
거름을 주었다

얼마나 지났을까
사랑스러운 꽃봉오리가 보인다
분홍빛 노란빛 보랏빛
꽃송이가 터지자
벌 나비는 향기를 따라와
더듬이로 영감을 펼쳐놓았다

깊은 밤에 쓰는 편지

그리고 얼마 후,
가지마다 주렁주렁 열매가 맺기 시작한다
빨갛게 노랗게 자줏빛으로
추수를 할 수 있을까,
걱정하던 마음 한 켠에도 햇살이 비친다

추수가 끝난 들판은 다시 벌거숭이
나는 어떤 종자를 찾아
씨앗을 파종해야 하나
아침에 눈을 뜨고, 자정 무렵 눈을 감을 때까지
끊임없이 빈 글밭을 서성이고 있다

삼탄아트마인에서

수십 년을 지난 후에 비로소
빛으로 기억되는
매몰찬 역사 앞에 섰다

누군가의 남편이었고 아들이었고
손자였을 그들은 막장에서
운명의 목줄을 감고 살았다
고통의 순간을 견딘
목숨의 흔적들을 보았다

누군가의 온기를 위해
지하 천 미터 뜨거운 열기를 참아내며
역사의 빛으로 남은 사람들이다

광차 나르는 레일 위에 걸터앉아
땀이 절반인 도시락을 먹으며
하루하루 갱 밖으로 살아나가길 기도했다

급여명세서만 남아있는
삼척탄좌 기숙사엔
수많은 광부들의 마지막 숨을 헤아리던
산소주입기가 그 역사를 증명하고 있다.

무궁화 꽃

팔월 중순, 무궁화 꽃이 한창이다
하얀빛으로, 분홍빛으로, 연보랏빛으로
나라꽃이 당당하게 피어났다

대한민국은 그동안 세계가 집중해 왔다
골프 선수 박세리를, 피겨스케이트 김연아를,
축구 손흥민, K팝 BTS를,
피아니스트 임윤찬, 오페라 가수 조수미, 바둑 기사 이세돌을,
K 영화 기생충, 미나리, K푸드 비빔밥과 라면을, 수학자 허준이
그리고 안데르센 노벨상 그림책으로…

어린 시절 학교 울타리에 가득했던
무궁화 나무가 떠올랐다
그러나 그때, 하얀 꽃은 피지도 못했다
벌레 먹은 나무들이었던 것이다
그날 그렇게 벌레 먹은 나무들은
우리 역사를 기억나게 했다

수천 년 동안 벌레들에게 먹히고도 살아남아
다시 피어나는 무궁화 꽃이 여기 한창이다
더 단단하고 빛나는 꽃으로

시간

시계는 1초도 쉬지 않고
시간의 굴레에 저당 잡힌 채
혹사당하고 있다

무더운 여름엔 휴가라도 보냈으면 좋으련만
현실은 시원한 에어컨 아래만 찾아 나서며
어서 선선한 바람이 불어오는 가을이 오면 좋겠다고
생각한다

그렇게 계절이 몇 번 바뀌고 나면
또다시 새싹이 움트는 순간이 그리워질 것이다

끊임없이 변화하는 계절은
별자리를 바꾸고
바닷물이 들고 나는 시간을 바꾸고
태양의 주기를 바꾸며
우주로부터 시작되는 생명의 못자리를 만든다

깊은 밤에 쓰는 편지

한순간도 정지된 적 없었던
무한대 속으로
내 인생의 바늘이 움직인다
째깍째깍
내 기억의 파도를 만들면서

새집증후군

카페 정원에
하얀 나비 한 마리가 왔다
어디에 앉을까 한참을 고민하다
분홍색 꽃에 앉았다
그런데 마음에 안 들었는지
금세 다시 날아 오른다

다른 꽃으로 가려나?
분홍색 꽃 바로 옆에 있는 노란색
작은 꽃송이에 앉는 것 같더니
꽃송이만 흔들어 놓고
또다시 날아오른다

올봄에 주차장을 정원으로 꾸몄다는데
새집증후군을 앓고 있는 건 아닐까
나비는 한참을 방황하다
공중으로 날아오르더니 이내 어디론가
사라져버리고 말았다

깊은 밤에 쓰는 편지

나비가 떠난 자리
꽃송이만 남았다

여름밤의 단상

바람 한 점 없는 한여름 밤
시간마저 정지된 듯
아무것도 보이지도 들리지도 않는다

달리는 전철의 규칙적인 소리
거리를 지배하는 자동차 소리
도시의 존재를 대변한다

그러나 숲은 조용하다
새소리 물소리 바람 소리 모두
내일을 위한 깊은 잠에 빠져 있다

새벽이 자라 새싹이 된다
연둣빛으로 청록빛으로
물들어가는 동안
세상의 중심이 된다

내가 태어나 유년기를 지나고
청년기를 지나 중년이 된 것처럼
평생 나를 길러준 것도
사실은 여름날 시간의 중심이
늘 나와 동행해 왔기 때문이다

시간은 한 번도 멈춘 적 없지만
한 번도 그 모습을 보여주지 않은 것처럼
칠월의 저녁이 저물고 있다

길고양이

또르르 또르르르
백지 한 장이 바람에 말려 굴러가고 있다
길을 가던
길고양이가 두려운 눈길로 움츠리며 피해간다

난 그냥 자유롭게 살고 싶을 뿐인데
밥을 구걸한 적도 없는데
유효기간이 지난 참치캔을 먹어 줬더니
인간들이 먹고 남은 음식을 가져와서
자꾸 인심 쓰는 척 잔반 처리를 한다

방금 들어온 차가 주차해 있는 주차장은
가장 따뜻한 보금자리다
그렇지만 나도 언제까지 길바닥을 헤매고 싶지 않다
거품 향기가 나는 목욕을 하고
폭신한 침대에서 잠을 자고
새로 나온 사료를 배불리 먹으며 인간들의 놀이를
감상하다가 똑똑한 유전자를 가진
혈육 한 점 남기는 게 소원이다

깊은 밤에 쓰는 편지

다시는 길거리를 떠돌며 내일이 없는 삶을
살고 싶지 않다

이 해 경

비
원
문
학
회

기실

우린 공범이었다는 거 알아
벼 이삭이 영글기 위해 햇빛과 바람, 비였기도 했지만
가뭄과 태풍 같은 가해자이기도 했어

전쟁과 기아 같은 일을 한번 생각해봐
모기 한 마리 죽일 때도 모든 것은 협력해서 죽여
그 장소, 조건, 하필 그때
어떤 것의 우연이란 건 없지

어쩌다 우리는 한통속이 되었을까

하늘과 땅이 맞닿은 지평선 위에
원죄 같이 싹튼 탐욕, 시린 아픔, 상처, 그리움
엉킨 굴레들이 출렁이며 진저리치는 현실

코스모스 옆길로 가을걷이를 마친 하늘이 보여
햇살이 어쩜 저리 따습지
아마 세상에서 가장 큰 공범은 하늘일 거야

회심(懷心)

가을걷이 들녘은
정염을 태운 매미의 일주일처럼 영원을 열며
은빛 파도로 출렁였어

따사로운 품에 자욱이 스며들고
녹아들어 숨겨졌을 탐스러움들이
그대로 볼그레해져 가을로 쓰러지고

만삭의 그리움은 휘돌아
스치고 저문 옷깃에 찬란한 물빛으로
바람벽에 기댄 채 허퉁하게 낙엽지네

아마도 가을은
못 잊을 당신이었기에 당신이라서…

폭우

이렇게 펑펑 울어버리면 어쩌자는 거예요
뜻밖의 일로 쉬 떨어지지 않은 발걸음이 속상한 옷자락을
적시며
걷잡을 수 없는 물길로 가슴을 훑고 지나갑니다

뿌리내리며 길러 올린 긴 이야기들도
느닷없이 내린 폭우에 놀라 매달아 놨던 다짐을 떨어뜨리며
불안과 고독으로 허리를 적시는 슬픔이 정녕 어쩔 수 없는 일
인가요

그렇게 우르르 쾅쾅 호통치며 불을 내뿜으면 어쩌란 말인가요.
단조롭지 않은 세상에 출산하지 못한 배앓이들이 허공 향해
삿대질하고 마른기침 토해내는 어리석음이 그들만의 민낯인가요

절벽 끝에서 오도 가도 못한 부르튼 얼굴들의 폭우와
폭설을 정녕 구제할 수 없는 건가요

언제 그랬냐는 듯이 뿌리까지 드러낸 민낯이 햇볕에 달구어지면
또 그렇게 달려들고 또 그렇게 부서지는 파괴와 아픔을
이 계절에 매미의 통곡으로 들어야 하나요

이
종
문

비
원
문
학
회

[산문]

참 쓸쓸한 만남

얼마 전 밤늦게 학원에서 나와 주차장으로 돌아가는 길에 버스 승강장에 홀로 앉아 졸고 있는 한 남자가 시야에 들어왔다.

늦은 밤 남자는 혼자서 차가운 의자에 앉아 고개를 떨구고 술에 만취한 듯 몸을 가누지 못한 채 흐느적대고 스쳐 지나가는 많은 버스는 그를 알아보지 못하고 차가운 바람만 일으키며 지나갔다.

무심하게 지나가는 사람들도 가끔씩 고개만 돌려 그를 쳐다볼 뿐, 아무 말 없이 지나쳤다.

몸을 이기지 못할 만큼 술에 만취해 정신을 잃은 채 오갈 곳 없는 노숙자 신세로 전락한 남자의 정체가 궁금해졌다.

직장을 잃었을까? 장기간 계속된 코로나 사태로 폐업을 했을까?

가정이 파탄 나 자식들과 생이별을 한 아빠일까?

그가 앉은 옆 의자에는 술꾼을 지켜주는 빈 종이컵 하나만

깊은 밤에 쓰는 편지

달랑 놓여 있다.

남자를 그 자리에 두고 집에 돌아와 잠자리에 들었는데 80년대 엄동설한에 서울 운동장 앞을 지나가다 얼음장 위에서 누워 자던 노숙자들이 떠올랐다.

나 역시 젊은 시절 무단가출하여 서울역 광장 지하도에서 2~3일 노숙한 시절이 있었다.

자정이 넘어서 내 또래 되는 청년이 내 구역으로 들어오기에 수상하다 했더니 면도칼을 들이대고 돈을 요구하였다. 그때는 운동도 했었고 상대를 보니까 젊은 혈기에 제압할 수 있겠다는 자신감이 들었지만, 핏기가 없는 얼굴에 불쌍해 보이기도 하고 해서 양말 속에 숨겨둔 비상금 30원을 꺼내놓고 흥정을 벌였다.

10원은 비상금으로 내게 있어야 하고 20원으로 삼립빵 하나씩 사서 나눠 먹자고 하였더니 다행히 그러자고 했다.

우리는 화해를 하고 얼마 동안 절친이 되기도 했다.

한번은 배고프고 돈도 없고 해서 적십자 병원에 피를 팔 수 있다고 해서 친구와 함께 찾아갔다. 350cc에 피알 10알, 현금 1천3백 원, 날계란 2개를 받았다. 그나마 그 친구는 피를 뽑을 수 있는 처지가 못되서 나만 팔았다.

나오는 길에 배가 고파 둘이 떡라면을 하나씩 사 먹고 와이셔츠 두 벌을 사서 한 벌씩 나눠 입기도 했다.

그리고 10년 후 길에서 우연히 만났는데 반가운 마음에 악수를 청했다.

하지만 그의 냉랭한 태도에 실망했다. 같이 밥을 먹으면서 그때는 참 고마웠다고 한마디 할 줄 알았지만, 그는 시종일관 못마땅한 표정이었다. 나는 서둘러 밥값을 계산하고 나왔다.

그 시절의 기억을 떨쳐버리고 싶은 것인지도 모르겠다는 생각을 하면서 살아가는 동안 배고프고 고단한 사람들에게 따뜻한 밥 한 끼 대접할 수 있는 그런 사람으로 누군가에게 기억되었으면 좋겠다는 생각을 했다.

깊은 밤에 쓰는 편지

설화(說禍)

나는 아침 출근 시간에 은행에 먼저 들러 입출금 업무를 보고 회사를 출근하는 경우가 많다.

매일 다니는 은행 주차장은 언제나 꽉 차 있고 전쟁터를 방불케 한다.

무질서한 곳일수록 룰이 필요 하다 싶어 지난주에 불만을 좀 개선했으면 좋겠다 싶어서 경비 아저씨에게 화를 내면서 주차장에 대한 의견 제시를 했다.

오늘 아침, 출근길에 은행 일을 마치고 나와 주차 티켓를 전달하자마자 경비 아저씨가 얼굴을 붉히면서 다가오더니 차에 전화번호도 적어놓지 않았다면서 대뜸 화부터 내자 순간 나도 모르게 욕이 튀어나와 서로 욕설까지 오가는 상황이 됐다.

경비아저씨는 우리 동네에서 붙여 놓은 주차위반 딱지가 앞유리에 그대로 붙어 있는 걸 보고 "이따위로 운전하니까 딱지도 끊는다"고 한마디 했다. 나는 당시 상황이 더 이상 진전되어서는 안 되겠기에 현장을 빨리 빠져나왔다.

그리고 아침에 있었던 일이 하루 종일 머릿속에서 되살아나 나를 불편하게 했다.

  곰곰이 생각해보니 경비 아저씨가 연락처도 붙여 놓지 않고 이중 주차를 한 것에 대한 충고를 왜곡해서만 들을 게 아니었다.

  이번 기회에 나의 잘못된 운전 습관도 고치고 백번이라도 반면교사로 삼아야겠다는 생각이 드는 순간, 아침에 한 행동에 대한 후회가 밀려왔다.

  가만히 생각해보니 경비 아저씨보다 자신이 문제였다. 경비아저씨가 나보고 욕을 한 건 용서할 수 있지만 내가 경비 아저씨에게 욕을 한 건 도저히 나 자신을 용납할 수 없었다.

  그 후로도 며칠 동안 은행 앞을 지나칠 때마다 경비 아저씨 생각을 하고 떠올리면 얼굴이 화끈거리고 마음이 편치 않았다. 결국, 나는 경비 아저씨를 찾아가 내가 먼저 사과를 해야겠다고 마음을 먹었다. 사람의 직업과 위치로 상대방을 평가하고 함부로 업신여기는 습관을 이번 기회에 뿌리 뽑아야겠다고 생각했다.

  새로운 사업을 벌이고 앞으로도 많은 일을 펼쳐 나가야 하고 할 일도 많은데 왜 이토록 속 좁은 행동을 했을까 자괴감이 밀려왔다.

　　　　　　　　　　　　　　　　　　깊은 밤에 쓰는 편지

친한 우리 아파트 12동 경비 아저씨 몇 분들 얼굴을 마주 쳤을 때도 미안하고 어색했다.

이대로는 도저히 안 되겠다 싶었다

아침에 음료수를 한 박스를 사 가지고 은행 경비실로 찾아갔다.

"아저씨 어저께는 죄송했습니다. 용서해 주십시오."

"사실 저도 열쇠를 맡기고 들어가서 한참 동안 경비 아저씨를 기다리다 안 보여서 화가 날 때가 있었습니다." 라고 말했더니 그의 입가에 작은 미소가 번지면서 "서로 조금씩 양보해요." 하고 한마디 했다.

나도 얼마큼은 마음이 풀렸다. 힘껏 악수하고 돌아 나왔다.

무거웠던 마음이 한결 편하고 가벼워졌다. 그 정도로 끝내고는 성이 차지 않았다.

어쩐지 형식에 그친 것 같았다. 진정으로 아저씨 마음이 풀렸을까?

다음날 은행가는 길에 마트에 들러 따뜻한 커피 한 캔를 사 들고 찾아갔다.

아저씨도 미소로 반겨주었다.

"지금 막 마트에서 사온 커피라 따뜻합니다, 한잔 드시고 일 하세요."

경비아저씨는 놀란 표정이 역력했다.

그리고 "언제 기회 되면 삼겹살에 소주 한잔하시죠." 진심으로 한 마디를 건네자 밝은 표정으로 좋다고 하셨고 그제야 내 마음도 조금은 풀린 듯했다.

우리가 살아가는 사회란 서로의 관계 속에서 살아간다. 지금 만나고 있는 사람들을 언제 어느 때 어느 장소에서 다시 만나게 될지 모르는 일이다.

또한, 나도 한 집안의 가장으로 두 딸의 아빠로 부끄러운 행동을 하면 안 된다는 생각을 하게 되었다. 이웃에게 미움받는 일을 하거나 상처가 되는 일은 하면 안 된다.

결국, 그런 행동의 결과가 자신에게 그대로 부메랑이 되어 돌아오고 무엇보다 자신의 마음이 가장 불편해지기 때문이다.

가끔 실수에서 얻은 좋은 경험은 오히려 자신의 삶을 돌아보고 반면교사로 삼아 더 아름답고 풍요로운 인생을 살아가는 소중한 깨달음이 된다.

삼사일언, 세 번 생각하고 한번 말하는 습관을 길러 함부로 말하고 상처 주는 일이 없도록 해야겠다.

남산 가는 길

남산 하얏트 호텔에 차를 주차하고 점심 대용으로
빵 두개를 가방에 넣고 산책로를 오른다.
국립극장을 지나 산 중턱 오솔길에 접어들면
가끔씩 불어오는 시원한 바람과 함께
발아래 햇빛에 드리운 나무 그림자를 밟고 걷는
신선함이 전신을 휘감고 돈다.
그늘을 보면서 많은 생각에 잠긴다.
여기 앉아 책 한 권 읽으면 딱! 제격일 텐데,
어렸을 적 고향 마을 뒷동산 고목나무 그늘은
마을 사람들의 쉼터로 자주 찾는 곳이기도 했지만
오랜 세월만큼 마을을 지켜주는 신령스러운
존재이기도 했다.
한 시간이 지나자 벌써 정상이다.
코스가 좀 짧기는 해도 정상에 도전하는 기분은 늘
짜릿하다.
지난 몇 달 동안 선거통에 혼란했던 시간들을 묻고
이제 오늘을 열심히 살고 싶다.

이종문　　　　　　　　　　　　　　　　　　157

남은 오후 시간도 긍정의 힘을 믿으며

정상에서 바라보는 서울의 풍경을 가슴 가득

안아 본다.

깊은 밤에 쓰는 편지

조문을 다녀와서

아내와 함께 초롱이 아빠 장례식장에 다녀왔다.
큰딸의 절친인 초롱이는 오래전 엄마를 잃고
아빠와 단둘이 살아왔는데 아빠마저 갑자기
유명을 달리해 고아가 되고 말았다.
아내와 큰딸은 초롱이를 마주치는 순간 감정이
북받쳐 올라 부둥켜안고 눈물부터 쏟아냈다.

겨우 진정하고 영정 앞에 향불을 피우고
국화 한 송이를 올렸다.
묵념을 마치고 상주 얼굴을 보는데
형용할 수 없는 슬픔이 밀려와 서로를 껴안고
눈물바다를 이뤘다.

초롱이 엄마는 15년 전에 산부인과를 개원하고
좋아했는데
어느 날 새벽 싸늘한 죽음으로 돌아왔다.

이종문

초롱이 부모와 우리 가족은 그리 친한 사이는 아니었다.

아이들끼리는 학교에서 서로 라이벌 관계였고
출 퇴근 길에 몇 번 차에 태워서 등교를 시킨 일이 다였다.
그래도 딸하고는 친했다.

초롱이 아빠는 대학교수였다.
부인과 사별하고 재혼을 해서 대전에서 새살림을
꾸리고 살고 있었다.
딸 아들이 남매를 두었는데 아들은 며칠 전 군에
입대하여 훈련소에 들어가 혼자 있었다고 한다.

지난 토요일 초롱이 아빠는 혼자 있는 딸이 보고 싶었는지
대전에서 올라와 하룻밤을 자고 아침 10시쯤 딸기를 씻어 놓고
"초롱아! 딸기 먹어라" 한마디 하고는 가슴 통증을 호소하
다 갑자기 쓰러졌다는데 의사인 딸이 119 신고를 하고 인공호
흡을 수차례 했지만 한 번도 호흡이 돌아오지 않았다고 한다.
기가 막힌 상황이 벌어진 것이다.
통증을 호소하고 불과 30분 만에 유명을 달리한 것이다.

감정을 겨우 추스리고 식탁에 앉아

깊은 밤에 쓰는 편지

초롱이의 이야기를 들었다.

장례식 이후가 더 문제였다.

그렇지 않아도 남동생이 군에 입대하고 큰 집에

홀로 남아서 아빠의 죽음을 맞이하는 동안 무섭고

외로웠다고 한다.

우리 가족은 장례식이 끝나는 대로 초롱이의 마음이

안정될 때까지 우리 집에서 큰딸과 함께 생활하도록 결정했다.

뭐든 도와줄 테니 무슨 일이 있거든 언제든지 연락하자고

약속하고 돌아왔다.

아내는 입양이라도 했으면 좋겠다고 했다.

초롱이 아빠의 갑작스러운 죽음으로 초롱이는 전세살이를

해야 하는 절박한 처지가 되고 말았다.

1년 전에 돌아가신 할머니가 살던 아파트가 한 채 있는데,

그 아파트와 유산 문제로 고모와도 관계가 좋지 않고, 아파트

를 초롱이가 받아도 상속세를 내야 하기 때문이다.

초롱이 아빠는 최근 백신 부작용으로 힘들어하기도 하고

스트레스도 많았다고 한다.

장례식장을 다녀오고 채 하루가 지나기도 전에 초롱이가

걱정되었다.

혹 상주 나이가 어려서 당황하고 불이익을 당하지는 않을까 싶어 저녁 시간에 같은 회원인 모 출판사 모친 조문을 가야 하지만 조화만 보내놓고 초롱이 아빠 장례식장으로 달려갔다.

상주 초롱이는 조문객 틈새에서 어제보다 한결 안정을 되찾아가고 있었다.

그러나 초롱이 얼굴에는 하루 사이에 죽음의 문제를 뛰어넘어 어떻게 살지에 대한 마음의 무게가 역력했다.

예상했던 대로 장례 준비는 상조회사에서 진행하고 있었다.

염을 하는데 돈을 요구하기도 하고 중요한 의사결정을 새엄마가 해버려서 불만이 꽤나 있어 보였다.

인터넷을 찾아보니 상조회사의 갑질이 가관이 아니었다. 민원이 청와대 청원까지 올라가 있었다.

책임자를 불러서 주의를 당부했다.

나는 B상조 회사의 대표를 잘 알고 있다. 상조 관련 프로그램도 함께 기획하고 있기도 하다.

상주가 나이가 어리다고 해서 불이익을 주지 말 것과 중요한 의사결정은 아이들도 성인이니까 함께 해줄 것 등 강력하게 요구했다.

상주가 당신의 딸이라는 입장에서 한 번 더 생각해보고 힘들 때 다독거리고 사랑해 줬으면 좋겠다는 생각을 하면서

상조가 봉사활동의 일환인데 앞으로 일어나는 모든 일에 대해서 팀장이 책임을 지라고 엄포를 놓고 집으로 돌아왔다.

죽음이란 숙명이다.

삶이 만든 최고의 발명품이 죽음이라고 한다.

초롱이에게는 이제 죽음의 문제를 뛰어넘어 어떻게 살아갈 것인지를 스스로 풀어가야 하는 숙제가 남았다.

딸을 보내러 가는 길

새벽에 인천국제공항에 다녀왔습니다.

미국에 유학 중인 딸을 보내려고 나선 길이었지요.

올림픽 도로를 따라 파릇파릇한 이파리들이

돋아나고 있었습니다.

우리 아이들 백 일도 되기 전, 꼬물거리던 꼭 그 모습 같습니다.

여리고 사랑스럽고 귀여운 자태에 저절로 웃음이 납니다.

해마다 봄은 어김없이 오지만 코로나 19 바이러스로 삼 년째 거리 두기를 하면서

맞이하는 봄은 갓 태어난 생명들이 그 어느 때보다 소중하고 아름다워 보입니다.

수줍게 돋아나는 이파리들을 보며 우리 집 강아지를

처음 입양했을 때 걸음마를 하며

한 식구가 되던 순간이 떠올라 행복했습니다.

양지쪽으로는 어미 닭의 품에서 막 뛰쳐나온 병아리 닮은 개나리꽃이 올림픽 도로를

가득 채우고 있었고 태백산에서 발원해 천삼백 리를 굽이굽이 흘러왔을 한강물이

장엄하게 흐르며 따라왔습니다.

어느새 추운 겨울을 지나왔는지 실감이 나지도 않습니다.

추운 겨울이 지나면 반드시 봄이 오듯이 코로나19의 기나긴 터널도,

러시아의 명분 없는 우크라이나 침략도 끝나고 꽃 피는 계절을 따라 허전한 가슴마다

환하게 꽃등이 켜졌으면 좋겠습니다.

이
영
순

비
원
문
학
회

메밀꽃

통통하게 여문 밤하늘의 별빛
무게를 이기지 못하고 동화처럼
쏟아져 내린다

낮에 본 해숲길 옆 바닷가 밀물은
한바탕 바윗돌을 휘돌아나가고
한 발은 숨기고 외발로 선 채 끼룩끼룩
풀지 못한 암호의 울음을 토해낸다

마주 선 갈매기 얼마나 애절하던지
다가서지 못하고 그저 바라볼 수밖에 없었다
차마 마주할 수 없는 눈빛
수평선에 얹어 놓고
끝내 손 내밀어 위로를 건네지 못했다

어쩜 '대부 해양관광 본부' 앞
광장에 쏟아져 내린 것은
통통하게 여문 별빛이 아니라
눈물보다 짠 소금꽃인지 모르겠다

어머니는 부재중

친정집에 내려갔다 올라올 때면
반복되던 어머니의 아쉬움 가득 담긴 목소리
"하룻밤 자고 내일 가면 안 되니?"

그러나 야박한 딸년은 늘
일이 먼저라는 핑계로 냉정하게
돌아섰더랬습니다

그런 딸년에게 어머니는
아쉬움보다 더 큰 사랑을 봉지마다
넘치도록 꾹꾹 눌러 담아 승용차
트렁크 문이 닫히지 않을 때까지
채우고 또 채우셨습니다

어머니의 아쉬운 마음을
야멸차게 떨치고 나서는 딸년의 뒤통수에 대고
"언제 또 올래?"

이영순

그러나 지금,
친정집 처마 끝엔
미처 못다 했던 자식의 도리가 회한이 되어
어머니를 향한 깊어진 그리움만
풍경처럼 매달린 채 그네를 타고 있을 뿐…

어머니는 부재중입니다

화양연화(花樣年花)

향수 원료로 쓰이기도 한다는 오데코롱민트.
남향이라서 14층 베란다에서도 잘 자라는데 계절이 만드는 햇살의 기울기 때문인지 균형을 이루지 못하고 키만 너무 웃자라 순을 집어 자칭 식물 인큐베이터라 부르는 직사각 화분에 삽목도 하고 사각 유리 볼에 담가 주방 창틀에 올려놓았는데 잘 자라고 있어 소소한 기쁨을 주고 있다.

이 작고 삭막한 주방 창틀을 위한 예쁜 배경이 되어주고 주인인 나를 이리 행복하게 해 주는데 창조주 되시는 하나님께서도 위에서 우리를 바라보실 때 내가 느끼는 이 감정을 똑같이 느끼지 않으실까 생각을 하며 새삼 요즘 회자되는 '반려'라는 단어를 떠올려본다.
반려견, 반려묘, 반려식물에 이어 무생물인 돌마저도 반려석이라 불리고 있으니 말이다.

경제적 빈곤 속에서도 화목하고 사랑이 넘치던 마음 부자였던 대가족의 서로 돕는 사랑 안에서 '콩 한 쪽도 나눠 먹는다'는 따뜻한 속담이 핵가족 제도의 진입으로 인해 실종된 삭막하고 서글픈 시대를 살아가는 현대인들의 빈 마음의 공간을 위해 만들어 낸 단어임이 분명한 것 같다.

이영순   171

내 작은 공간인 주방 창틀에서도 잘 자라고 있는 오데코롱민트를 보며 왜 '반려식물'이라 부르는지를 깨닫게 되는 은혜를 체험하게 되었다는 사실이다.

아침 식사를 마치고 설거지를 하며 바라본 오데코롱민트 줄기에 변화가 감지되었다.
설거지를 마치고 자세히 보니 와~ 다름 아닌 꽃망울!
다시 한 번 창조자의 신묘막측하심과 피조물을 향해 있는 사랑과 주권을 확인하는 환희를 보다니….
비록 내 삶의 작은 테두리 안에 들어와 있지만 예쁜 모습으로 꽃망울을 맺은 오데코롱민트를 보며 화양연화(花樣年華)란 단어를 떠올리게 되었다.
자연이 아닌 제한구역인 작은 척박함 속에서도 꽃망울을 만들며 꽃을 피워낼 준비를 하고 있으니 말이다.

1997년, 상상도 못 했던 IMF 경제위기의 직격탄 앞에 삶의 롤러코스터를 타고 죽을 것 같은 버거움을 성령께서 주시는 성경 말씀을 통해 위로를 받고 힘을 얻었지만, 그중에서도 요한복음 15장 5절 말씀으로 삶을 다잡을 수 있었다. 포도나무 가지가 포도나무에 붙어 있을 때만 시절을 따라 순을 내고 꽃을 피워 아름다운 열매를 맺듯이 극한 상황 가운데서도 원망 불평하지 않고 포도나무 되시는 하나님께 바짝 붙어 있을 때 내 삶을 인도하시고 견인해 가심으로 사방이 우겨 쌈 당한 막막함 가운

깊은 밤에 쓰는 편지

데서도 광야를 지나는 테스트를 거치며 허락받은 현재의 삶.
누가 보면 "에고 그게 무슨?"이라 반문할 수도 있는 지극히 소
박하고 평범한 일상이지만 이 평범한 일상이야말로 내 삶의 화
양연화(花樣年華)가 아닐까.

오늘 아침.
주방 창틀에 놓인 오데코롱민트를 보며, 누군가의 성공적인 삶
을 재단하는 보편적 기준이 되는 좋은 집, 좋은 차, 유명 브랜
드의 의류나 소지품 하나 소유하지 않은 삶이지만 어찌 보면
주님 안에서 감사와 평강으로 누리는 이 시간이야말로 내 삶
의 花樣年華이리라.

깊은 밤에 쓰는 편지

펴낸날 2023년 2월 24일

지은이 비원문학회
펴낸이 주계수 | **편집책임** 이슬기 | **꾸민이** 김태안

펴낸곳 밥북 | **출판등록** 제 2014-000085 호
주소 서울시 마포구 양화로7길 47 상훈빌딩 2층
전화 02-6925-0370 | **팩스** 02-6925-0380
홈페이지 www.bobbook.co.kr | **이메일** bobbook@hanmail.net

© 비원문학회, 2023.
ISBN 979-11-5858-914-1 (03810)